ぶらり平蔵

決定版⑬霞ノ太刀

吉岡道夫

コスミック・時代文庫

本書は二〇一二年六月に刊行された「ぶらり平蔵　霞ノ太刀」を改訂した「決定版」です。

目次

「ぶらり平蔵」主な登場人物

神谷平蔵《かみやへいぞう》　旗本千八百石、神谷家の次男。医者にして鐘捲《かねまき》流免許皆伝の剣客。千駄木・団子坂上の一軒家に新妻の篠《しの》とともに暮らしている。

神谷忠之《ただゆき》　平蔵の兄・忠利《ただとし》の息子。平蔵の甥《おい》で神谷家の跡取り。

笹倉新八《ささくらしんぱち》　元村上藩徒士《かち》目付。篠山検校《しのやまけんぎょう》屋敷の用心棒。念流《ねんりゅう》の遣い手。

柘植杏平《つげきょうへい》　異形の剣を遣う剣客。思いがけず平蔵と昵懇《じっこん》の間柄に。

滝蔵《たきぞう》　火消しの頭《かしら》。下谷《したや》の顔役。

味村武兵衛《あじむらぶへえ》　徒目付。神谷忠利の部下。心形刀流《しんぎょうとうりゅう》の遣い手。

おもん　公儀隠密の黒鍬者。料理屋［真砂］の女中頭など、様々な顔をもつ。

小笹《こざさ》　おもんに仕える若き女忍。

斧田晋吾《おのだしんご》　北町奉行所定町廻り同心。スッポンの異名を持つ探索の腕利き。

本所《ほんじょ》の常吉《つねきち》　斧田の手下の岡っ引き。女房のおえいは料理屋［すみだ川］の女将《おかみ》。

峪田《さこた》弥平治《やへいじ》　起倒流《きとうりゅう》柔術の道場主。新発田《しばた》藩の藩士だったが禄を返上し江戸へ。

大橋《おおはし》織絵《おりえ》　大番組の譜代旗本・大橋源之丞《げんのじょう》の娘。峪田道場門弟筆頭の女武道。

お登勢《とせ》　芦ノ湯［笹《ささ》や］の女中。担い売りの音吉と江戸に出て世帯を持つ。

音吉《おときち》　江戸から上方にかけて小間物を担い売りする行商人。本業は盗人。

鬼火《おにび》の吉兵衛《きちべえ》　上方を荒らし回る大盗の頭領。京の呉服商・砧屋《きぬたや》主人を装う。

鏨《たがね》の彦蔵《ひこぞう》　鬼火の吉兵衛の片腕。錠前破りの腕利き。

乙坂《おとさか》の友造《ともぞう》　吉兵衛の手下。家屋敷の間取りを探るのと付け火を得意とする。

須川《すがわ》市之助《いちのすけ》　芸州浪人。林崎夢想流《はやしざきむそうりゅう》・居合いの達人。鬼火一味の人斬り狼。

佐江《さえ》　仙台堀の船宿［かずさ］の女将。吉兵衛の情婦の一人。

平賀《ひらが》新三郎《しんざぶろう》　馬庭《まにわ》念流の剣客。向島の大地主・三輪庄右衛門《みのわしょうえもん》の用心棒。

第一章　寒鴨《かんがも》の女

一

九月は長月《ながつき》ともいうように秋も深まり、大気もひんやりとしてきて、一年でもっとも過ごしやすい季節である。

落葉樹の葉が黄色や紅色に色づきはじめると燕《つばめ》やアオバズク、ノビタキなどの夏鳥は暖かい南のほうに飛び去り、芦ノ湖《あしのこ》には北の国から鴨《かも》や鶴《つる》などの冬鳥が群れをなしてつぎつぎに飛来してくる。

ここ箱根《はこね》は温泉の名所で、熱海《あたみ》の湯とともに東海道を旅する人や、腰痛をかかえた人の湯治場《とうじば》としても知られている。

東海道最大の難所箱根峠には箱根七湯《しちとう》のひとつ、芦ノ湯の湯治場がある。

芦ノ湯は小田原《おだわら》城下から約三里強（約十三キロメートル）、富士の霊峰を間近に見られる湯治場としても知られた名湯でもある。

お登勢《とせ》が芦ノ湯の数ある湯宿でも最古の老舗《しにせ》といわれる［笹《ささ》や］に女中奉公するようになってから、もう六年になる。

毎年、鴨がやってきて年の瀬を迎え、新しい年が明けるたびにお登勢もひとつずつ年をとる。

芦ノ湖に群れる鴨を見るたび、お登勢は侘《わび》しくなる。

――来年は、お登勢も二十七……今年もいいことはなんにもなかった。

女の盛りは十七、八から、せいぜいが二十二、三で、二十五を過ぎると年増《としま》、三十過ぎると大年増……。

――おお、いやだ……。

寒鴨は脂《あぶら》がのって美味《おい》しいと客に喜ばれるが、お登勢も女盛りの脂はみっしりのっているし、肌は白く艶《つや》がある。

きりっとした眉の下の双眸は大きくつぶらで、頬もふっくらした豊頬《ほうきょう》だし、すこし厚めの唇にも愛嬌《あいきょう》がある。

総じて十人並みの器量だが、どういうわけかお登勢には男運がなかった。

その原因がなんなのかは、お登勢にもよくわかっていた。

世間の男たちは見た目のしなやかな柳腰の手弱女《たおやめ》を好むが、お登勢は女にしては肩幅があり、乳房はどんなに帯でしめつけてもおさえきれないほど豊かだし、厚みのある尻はうしろにおおきく張り出している。

まぎれもない、でっちり鳩胸《はとむね》だった。

背丈は五尺三寸（約百六十センチ）もあり、たいがいの男よりも上背がある。

街道筋の宿屋には留女《とめおんな》とも飯盛女《めしもりおんな》ともいわれる客引きの女中がいる。

留女たちは宿の前を通りかかる旅人に誘いをかけては腕や腰を抱え込み、強引に宿に連れこむのが役目である。

なかば色仕掛けのようなものだから、うなじまで白粉《おしろい》をこってりと塗り、ここを先途《せんど》と猫なで声で誘いかけ、なかには客の荷物をひったくってでも宿の土間に引っ張りこもうとする。

街道を通る旅人のほうも、留女を相手に宿賃の駆け引きをしながら、女の尻を撫《な》でたりもする。

うまく草鞋《わらじ》を脱がせれば番頭から一人いくらで口銭がもらえるが、男ずれした女でないと務まらない役目だった。

むろん飯どきには給仕や酒の酌《しゃく》もするし、客がもとめれば夜伽《よとぎ》の相手もする。

宿屋の女中たちは男の肌身を知っている女がほとんどだから、客の夜伽をすることに躊躇《ためら》いはなかった。

なかには夜伽の掛け持ちをする達者な女もいた。

［笹や］では留女は置いていなかったが、女中が客に誘われて夜伽をするのを咎《とが》めるようなことはない。

うるさいことをいうと、女中は街道筋の宿屋に鞍替《くらが》えしてしまうにきまっている。

女が旅をすることはめったにないから、湯治に来る客のおおかたは男である。よほどの爺さんならともかく、湯にどっぷり浸かって躰がぬくもれば女の柔らかな肌身を抱きたくなるというものだ。

女中の給金は年に一両か一両二分ぐらいのものである。

なかには親や子供に仕送りしている女もいるから、客の夜伽をして枕銭《まくらせん》を稼ぐぐらいの余録がなければ女中たちも居着かない。

小田原藩の役人たちは、湯宿からぬかりなく目こぼしの袖《そで》の下をもらっているため、うるさいことはいわなかった。

世の中はもちつもたれつで丸くおさまると相場はきまっている。

宿の女中たちの楽しみといえば、食べることと離れて暮らしている親や子供の話、ほかには夜伽をした男の品定めと枕銭の多い少ないというぐらいの他愛もないものだ。

そんなとき、お登勢はほとんど蚊帳《かや》の外になってしまう。

お登勢は親とも死別してしまったし、親戚や子供にも縁がない。

客あしらいがよく、女中としては申し分ないから、宿の主人や女将《おかみ》からは重宝されているが、大柄で、器量よしの部類にはいらないため、お登勢を夜伽に誘う客はめったにいなかった。

お登勢は亭主と別れた出戻り女だから男の肌身も知っている。

とりわけて色好みというわけではないが、お登勢も二十六の女盛りだ。

ときには躰の芯が疼《うず》いて寝つけないことだってある。

——どうして、あたしはこんな躰に生まれてきたんだろ……。

ときには親を恨みたくもなる。

芦ノ湖にもたまにやってくる丹頂鶴《たんちょうづる》は、首も脚もすらりとしていて、頭に赤い笠をつけた姿が美しく、気品がある。

丹頂鶴は鴨の群れなどには目もくれず、ゆったりとあたりを見回しては、ゆうゆうと餌《えさ》をついばんでいる。

いっぽう鴨のほうは躰もずんぐりしていて脚も短く、一日中せわしなく水をかいては水中にもぐって、篦《へら》のような嘴《くちばし》で泥鰌《どじょう》や小魚などの餌をあさっている。おなじ鴨でも雄《おす》は首にお洒落《しゃれ》な白い輪羽があって、頭部も美しい緑色をしているけれど、雌《めす》の羽ときたら枯れ葉のようなくすんだ茶色でさっぱり見栄えはしない。まるでお登勢のようだった。

——わたしは寒鴨の雌とおんなじだ。

寒鴨の雌を見るたび、そんな気がしてならなかった。

二

お登勢の父は陸奥国中津山藩《むつのくになかつやまはん》三万石の領主、伊達美作守《だてみまさかのかみ》に禄高《ろくだか》五十石で仕えていた。

ところが、藩主が旗本と争いごとを起こして除封《じょほう》されたため、浪人《ろうにん》した父は知人を頼って小田原に住みつき、子供に読み書きを教える寺子屋をひらいて口を糊《のり》する身となった。

そのころ、お登勢は九つになったばかりの少女だったが、十七のときに父と親しくしていた商家の主人の口利きで小田原城下の左官職人に嫁《とつ》いだ。

母はお登勢が六つのときに亡くなっていたし、娘は町人に嫁がせるほうが幸せになると父は思ったのだろう。

その父も、お登勢が嫁いで二年もたたぬうちに病死してしまった。

亭主は所帯をもった当座はめずらしさもあってか、毎夜のようにお登勢をもとめた。

ところがお登勢の父が亡くなって一年もたたぬうちに、亭主は城下にある飲み屋の酌婦に首ったけになり、ほとんど家に帰ってこなくなった。

はじめは我慢していたが、お登勢にも女の意地があるし、もともと好きでいっしょになったわけでなし、未練はさしてなかった。

仲人《なこうど》の商家の主人に頼んできっぱりと離縁してもらい、仲人にすすめられるままに芦ノ湯の［笹や］に女中奉公した。

武家屋敷の女中という口もあったが、町家暮らしの気楽さを知ったお登勢は窮屈な武家屋敷は気がすすまなかった。

宿の女中は住み込みで衣食に銭はかからないし、天涯孤独のお登勢にはもってこいの奉公口だった。

城下町や街道筋にいると別れた亭主と顔をあわすこともあるのが嫌だったが、山里の芦ノ湯ならそういうこともないだろうと思ったからである。

お登勢は大柄だが、浪人とはいっても侍の娘だけに躾《しつけ》はできているし、素直で愛嬌があったから年配の客には評判がよかった。

早くに両親を亡くしているだけに、お登勢は年配の客を見ると、どうしても、つい、まめまめしく世話をしたくなる。

主人や女将からも目をかけられ、いまでは上客専門の座敷女中になっている。

給金は年に銀百八十匁《もんめ》（三両）と、ほかの女中たちよりは多めにもらっているし、客からの心付けもあるから賃金の不足はなかった。

たまに品のいい商家の主人や武家の隠居から誘われて、その気になったことも何度かあった。

それも所詮《しよせん》は一夜かぎりの火遊びだし、相手は年寄りがほとんどだったから、女盛りのお登勢を堪能させてくれるような相手は一人もいなかった。

むろん、妻に娶《めと》りたいと望まれたことなど一度もなかった。

寒鴨の雌は見てくれは丹頂鶴とくらべものにならないが、ちゃんと雄をつかまえて仲良く餌をあさっている。

――まだ、鴨の雌のほうが幸せなのかも知れない……。

ただ、二日前から逗留《とうりゅう》している音吉《おときち》という担《にな》い売りの行商人は、五年前に「笹や」に逗留したときから、心付けのほかに白粉や口紅、櫛《くし》や簪《かんざし》までくれたりする間柄だ。

熱っぽい目を投げかけてくるのをみると、どうやらお登勢に気があるらしい。

音吉は目鼻立ちはふつうだが、背丈が四尺六寸（百四十センチ弱）そこそこで、女にしては大柄なお登勢の肩ほどしかない小男だった。

憎めない男だが、お登勢にしてみれば、なにやら大木に蟬《せみ》のような気がして、あまり気のりがせず受け流してきた。

それに音吉は担い売りの商人で、旅から旅の渡り鳥である。

渡り鳥はいつどこに飛んでいってしまうかわからない風来坊だし、口上手《くちじょうず》な男は危ないものだと女将から聞かされている。

――ただ、男に好かれるというのは女にとって悪い気はしない。

だからというわけではないが、音吉が廊下で通りすがりにちょろりと臀《しり》を撫でるぐらいのことは大目に見ている。

三

その日の午後八つ（二時）ごろ、元箱根から一里の山道をたどって二人の男が［笹や］に草鞋を脱いだ。

一人は主人らしく、五十がらみの年配客で上物《じょうもの》の紬《つむぎ》の袷《あわせ》に博多《はかた》帯《おび》をしめ、饅頭《まんじゅう》笠《がさ》に手甲脚絆《てっこうきゃはん》をつけていた。

裾《すそ》をはしょり、草鞋履《ば》きの旅なれた身なりで、用心棒代わりらしい三十代の屈強な躰つきの男を供に連れていた。

主人は京の烏丸通《からすまどお》りで呉服を商う砧屋吉兵衛《きぬたやきちべえ》という者だと名乗った。供の者は手代の彦蔵《ひこぞう》という男だそうで、腰に道中差しの脇差しを携《たずさ》えていた。

「あとから連れがまいりますのでな。それまでのんびりさせてもらうつもりや」

吉兵衛は上がり框《かまち》に腰をおろし、下女が運んできた濯《すす》ぎの湯に足を浸しながら、にこやかに番頭に声をかけた。

「彦蔵には別に部屋をとってもらいましょうかね。寝るときも供の者といっしょではどっちも気ぶっせいですからな」

「はいはい、かしこまりました」

これは上客だと見た番頭はお登勢を呼んで、吉兵衛を奥の離れ部屋に、彦蔵は離れに近い別室に案内するよう言いつけた。

「笹や」は中庭を囲んでコの字形に建てられていて、奥の離れ部屋は岩風呂にも近く、南向きで風景の見晴らしもいい。

上客用の離れの係は、客あしらいにそつがないお登勢とほぼきまっていた。

お登勢は先に立って二人を案内し、奥の離れに向かった。

その途中の廊下で、褞袍《どてら》姿のまま手拭《てぬぐ》いを肩にかけて、部屋からひょいと顔をだした小柄な逗留客がいた。

――お、ありゃ……。

棒立ちになって見送ったのは音吉だった。

風呂に行こうとしていたらしく手拭いをぶらさげた音吉は化け物にでも出会ったように目を瞠《みは》って見送っていたが、

――まちげぇねぇ。ありゃ、鬼火《おにび》の吉兵衛だぜ……。

うなずいた音吉は部屋にひきかえすと、褞袍のまま敷きっぱなしにしてある布団のうえにごろりと仰向けになった。

——なんだって、あんな物騒なやつが箱根くんだりに現れやがったんだ……。

おそらく供の男は、吉兵衛の片腕といわれている鏨《たがね》の彦蔵だろう。

彦蔵は腕のいい錠前造りの職人だったが、博打《ばくち》と女で身をもちくずし、吉兵衛から誘われるまま盗人《ぬすっと》の片棒を担いで錠前破りの腕を磨き、いまや吉兵衛の片腕になっていると聞いている。

——となると、どうやら鬼火の一味は江戸に向かう途中らしい。

音吉はひょいと腰をあげると、褞袍を脱ぎ捨ててから肌着の裾を腰までまくりあげ、押し入れの襖《ふすま》をあけて中にもぐりこんだ。

天井の隅の板を一枚ずらし、襖を元通りに閉めてから天井裏に音もなく消えた。

［笹や］は入母屋《いりもや》造りになっていて、天井裏は太い梁《はり》のうえに立てばそのまま歩けるほどの高さがある。

ずらした天井板を元通りにはめなおすと、音吉は薄暗い天井裏にはられている太い梁のうえを栗鼠《りす》のように足音ひとつ立てることもなく伝って奥に向かっていった。

四

「おお、ここは見晴らしもようて、芦ノ湖も富士の山も手にとるように見えますな」

旅装束を解いて浴衣《ゆかた》と丹前《たんぜん》に着替えた吉兵衛は縁側に佇《たたず》んで満足そうにうなずいた。

晩秋の空は雲ひとつなく澄み渡り、箱根の山は紅葉《もみじ》や銀杏《いちょう》の葉が黄色や赤色に染まりかける。

庭の南天《なんてん》も赤い実をつけ、山茶花《さざんか》の白い花も冴《さ》え冴《ざ》えとし、鳥の囀《さえず》りや秋の虫がすだく声も聞こえてくる。

雪をかぶった富士の山が、青い空にくっきりと白い稜線を見せて聳《そび》えたっていた。

部屋の隅に片膝ついて吉兵衛が脱いだ羽織や着物をきちんと畳みながら、お登勢がこぼれるような笑顔を振り向けた。

「そろそろ寒鴨の旬《しゅん》ですから、夕餉《ゆうげ》は鴨鍋でございます。白葱《しろねぎ》と寒鴨は相性がよくておいしゅうございますよ」

「ほう。それは、よう精がつきそうやな」

「ええ、それは、もう……」

　こういうときは客が女をもとめているとわかっているから、お登勢はさりげなく誘い水を向けてみた。

「よろしければ酌取りに若いおなごでもお呼びしておきましょうか」

　芦ノ湯には飯盛女中や芸者はいないが、近くには雇女《やとな》といって酌取りもすれば寝間の相手もする女が何人かいる。

　おおかたは近くの百姓や樵《きこり》の娘か、亭主に死に別れた寡婦《やもめ》だが、「笹や」では客あしらいがよく、器量よしの女をえらんで呼ぶことにしている。

「ほう。そんな気のきいたおなごがいるのかね……」

「ええ、旦那《だんな》さんのお気にいるかどうかはわかりませんが、おひでさんという十九《こ》になる妓はなかなかの器量ですよ」

「ふむふむ……」

　吉兵衛はうなずきながら、お登勢の躰を目を細めてなぞっていた。

「なかなか気立てのいい妓ですから、お酒の相手だけではなく、お気にいればそのまま朝まででも……」

「いやいや、あたしはあんたが気にいりましたよ」

「え……」

とっさには客の意図がわからず戸惑いつつ、お登勢は曖昧《あいまい》な笑みを返した。

「その若い妓は彦蔵につけてやってもらいましょうか。あれにも、こういうときぐらいはすこしはいい思いをさせてやらないとね」

「は……はい」

吉兵衛はお登勢に歩み寄って、紙入れから一分銀を二つ、つまみだすとお登勢の手首をつかんで掌《てのひら》に乗せた。

「これはほんの心付けです」

「旦那さん……」

お登勢は思わず目を瞠った。

心付けに二分もはずんでくれる客はこれまで一人もいなかったのだ。

たまに寝間の相手をしても、せいぜいが二朱銀三枚か四枚、心付けなら長逗留の客でも二朱がいいところである（一両が四分、一分が四朱）。

「ま、いいからとっておきなさい。彦蔵につけるおなごのぶんは別にあたしがだしますから、これはあなたがとっておきなさい」

なんとも気前のいい客だった。

「そうですか……じゃ、お言葉に甘えていただいておきます」

丁寧に額におしあててから、帯のあいだにしっかりと挟みこんだ。

「あんた、お登勢さんといいなさるのか」

「はい。なにかございましたら、いつでも声をかけてくださいまし……」

「もしやして、あんた、武家の生まれじゃないかな」

「え……」

「なに、躾もようできているし、どことなく言葉遣《づか》いにも品があるからね」

「いえ、そんな……」

「ま、ま、よろし……おなごの詮議《せんぎ》だては無粋《ぶすい》というものや」

吉兵衛は目に笑みをうかべると、ふいにお登勢の手をとってぐいと引き寄せた。

「あ……」

お登勢が抗《あらが》う間もなく、吉兵衛は腕をお登勢の腰にまわし、尻のふくらみをたしかめるようにやんわりとなぞった。

「お、お客さま……」

腰をよじって、逃れようとしたとき、吉兵衛は満足そうにうなずいて、ささやいた。

「うむうむ……あたしの目に狂いはありません。やっぱり、はじめから見込んだとおり、あんたは寒鴨みたいに脂がようのった男泣かせの躰をしたおなごや」

「え……」

褒《ほ》め言葉にしてはあまりにもあからさまな言いように、お登勢は返す言葉に困惑した。

吉兵衛は耳に口を寄せてきて、内緒ごとのようにささやいた。

「今夜の鴨鍋を楽しみにしていますよ」

お登勢は戸惑い気味にうなずいた。

むろんのこと、ただの鴨鍋ではないことはわかる。

「そのぶんのお礼はたんまりとはずませてもらいますよ」

「ま……」

――この、おひと、あたしを口説《くど》いているんだわ……。

そう思った途端、お登勢の血が騒いだ。

男に口説かれるというのは女にとって悪い気はしないものである。

ましてや二分という心付けをもらった手前もあるし、「笹や」にとっても上客である。

——どうしよう……。

ぐいと腰をひきつけられて、お登勢は戸惑った。

そのあいだにも吉兵衛の掌はお登勢の尻をやんわりとつかんでは撫でまわしている。

なんとも女のあつかいようを心得た手つきに、躰は高まった。

「だ、旦那さん……」

思わず声がうわずったとき、廊下の外で彦蔵の声がした。

「よろしゅうございますか、旦那さま」

「ああ、かまいませんよ……」

お登勢は急いで腰をくの字にひねると、吉兵衛の手をはずして逃げるように部屋を出ていった。

いれかわりに小腰を屈めながら彦蔵がはいってくると、お登勢の後ろ姿を見送りながらにんまりした。

「へへへ、口説かれて尻で答える色年増ってやつですね……」

「ちっ、口のへらねぇやつだ」

吉兵衛はさっきまでの商人口調とはがらりと一変して苦笑いした。

「ですが、お頭《かしら》も物好きがすぎやしませんかい。えりにえってあんな大女の年増にちょっかいかけなさるなんて……」

さっきまでの物堅い手代とはうってかわって、揶揄《やゆ》するような口ぶりだった。

「あの図体じゃ赤貝どころか、露《つゆ》だくの大蛤《おおはまぐり》ですぜ。尻で書くのの字そこいらが白うるしってなことになりゃしませんかね」

「ふふふ、おまえも女を見る目だけは半人前だな。あの女は蛸《たこ》も蛸、鳴門《なると》の渦潮《うずしお》でもまれてきた明石《あかし》の蛸さ」

「あの女が……」

「ああ、まちがいない。あの女の壺《つぼ》はしこしこしていて、やんわりと竿《さお》にからみついてくる極上の蛸だよ」

「へぇえ……さいですか。あっしにはピンときませんがね」

「おなごは見てくれじゃない。肌のよしあしと肉づきの締まり具合でよしあしがきまる。あの女は嚙みしめれば嚙みしめるほど味のある寒鴨みたいな女さ」

「ほう、寒鴨ですか……」

「江戸にはいれば忙しくなる。いまのうちに竿にもいい思いをさせてやらなくちやな」

「けど江戸にも極上の蛸が、お頭の竿を待ち焦《こ》がれておりやすぜ」

「あれは竿よりも小判の口だろうさ」

「へへ、ちげぇねぇ……」

＊　＊

——ちくしょう！

音吉は天井裏の梁に腹ばいになって離れ部屋の会話に耳を澄ませながら、奥歯を噛みしめた。

音吉はちいさいときから目と耳は人の何倍もよく利くから、吉兵衛の手がお登勢の躰を無遠慮にまさぐっていたのが手にとるようにわかった。

お登勢は前まえから音吉がひそかに惚《ほ》れている女である。

音吉はおのれが小男のせいもあってか、お登勢のように背が高く、たっぷり量感のある肉づきのいい女に惹《ひ》かれる。

それに、お登勢は大女にはめずらしく、身ごなしもきびきびしているし、客あしらいにもそつがない。

お登勢はみんなが寝静まった深夜にひとりで外の岩風呂にはいることにしている。

音吉は去年の夏［笹や］に泊まったとき、寝つかれないまま岩風呂に浸かりにいった。そこでお登勢の裸身を盗み見て、一目で惚れ込んだのだ。

お登勢の乳房はおおきいなりにみしっと張りがあるし、量感のある太腿もきりっとしまり、小股がきゅっときれあがっていた。

色白の肌はなめらかで、まるで絖絹《ぬめぎぬ》のように艶やかだった。

音吉はあちこち渡り歩いて、いろんな女の肌身を知っている。

いくら器量がよくても骨ばった女もいるし、色白でも肌理《きめ》の粗い女がいる。

――まちがいねぇ。お登勢はめったにいない極上もんの女だ……。

ただ、音吉の思いはお登勢には通じていないらしく、柳に風でいつもさらりとかわされてしまう。

――そのお登勢がよりによって吉兵衛なんかに目をつけられるとは……。

このままだとお登勢はいいように吉兵衛にしゃぶられちまうだろう。

――なんとかしなくっちゃ……。

とはいっても、相手は鬼火の異名をとる恐ろしい男だ。

それに吉兵衛は遊びには金に糸目をつけないというから、とてものことに音吉がだしぬけるような相手ではない。

だからといって、みすみす惚れた女が吉兵衛のおもちゃにされるのを指をくわえて見ているわけにはいかない。

音吉はやきもきしながら吉兵衛たちの話に聴覚を研《と》ぎ澄ませた。

＊　＊

吉兵衛は箱火鉢《はこひばち》の前にどっかとあぐらをかいて煙管《キセル》に莨《タバコ》をつめながら目に笑みをにじませた。

「とにかく須川《すがわ》さんが追いついてくるまではここでゆるりと骨休めするとしよう。おまえも好きなだけ酌取りのおなごを呼んで肌身を楽しむがいい」

「へへ、それにしても、いまごろ須川さんはどこらあたりでひっかかってなさるんですかねえ」

「ま、紋造《もんぞう》を供につけておいたから、うまく須川さんにへばりついて、機嫌をとりながら連れてくるだろうよ」

「まったく手間のかかるおひとでやすね」

「ふふふ、手間はかかるが、須川さんほど腕のたつおひとは滅多にいるもんじゃない。なんといっても江戸には猪口仲蔵《いぐちなかぞう》の一味を皆殺しにした腕利きの剣術遣いがいやがるということだからな」

吉兵衛は箱火鉢の炭火で莨を吸いつけると、うまそうにぷかりと煙を吐き出した。

「ああ、例の神谷平蔵《かみやへいぞう》って剣術遣いのことですかい」

「そうよ。なんたって仲蔵はタイ捨流《しゃりゅう》の遣い手で、八文字屋《はちもんじや》も一目おいていたほどの男だったんだ。手下も粒ぞろいの腕利きだったはずだが、そいつらが手もなく雁首《がんくび》そろえてやられちまったんだ」

吉兵衛は煙管の雁首を箱火鉢の縁《へり》にたたきつけた。

「これから先のこともある。奉行所や火盗改《かとうあらため》の役人なんざ屁《へ》でもねぇが、神谷平蔵ってやつだけは甘く見ちゃならねぇぜ」

「へい。ま、なにせ、やつには恐ろしく腕のたつ仲間が何人もついてやがるそうですからね。ここは須川先生の林崎夢想流《はやしざきむそうりゅう》におまかせするしかありませんや」

「そうよ。なんたって須川さんの居合いは天下一品だからな」

五

　自分の部屋にもどった音吉は、布団のうえに仰向けになって盗み聞きしてきたばかりの吉兵衛と彦蔵の話を思いかえしていた。

　──ふうむ、かみやへいぞう、か……。

　どこかで聞いたような気もするが、この三年あまり京、大坂、名護屋《なごや》あたりをうろついていた音吉には耳馴《みみな》れない名前だった。

　しかし、鬼火の吉兵衛や、鼈の彦蔵があれだけ警戒しているところをみると、よほど腕の立つ剣術遣いにちがいない。

　八文字屋というのは京、大坂を荒らしまわり獄門になった八文字屋喜兵衛《きへえ》のことだろう。

　どうやら猪口仲蔵とかいう八文字屋の残党が江戸に流れてきて、かみやへいぞう、という剣術遣いに斬《き》り殺されたらしい。

　二人が待っているのは鬼火一味の人斬り狼《おおかみ》と悪党仲間からも恐れられている須川市之助《いちのすけ》のことだろう。

まだ顔を見たことはないが、盗人仲間の噂《うわさ》によると、見かけは虫も殺さないような優しげな男らしい。

しかし、見かけとは違ってやっとうの腕はたいしたもので、通りすがりにキラッと刀が光った瞬間に相手は袈裟《けさ》懸《が》けに斬られていて、二、三歩歩いてから倒れるまで、まわりの人びとも気がつかないという。

どうやら鬼火の吉兵衛は、その須川市之助と、かみやへいぞうとかいう侍を嚙みあわせようとしているらしい。

音吉は栗鼠のようにすばしっこいが、腕力はからきしない男である。

父親は浅草《あさくさ》の田原町《たわらまち》で鋳物師《いものし》をしていたが、音吉の母親が長患《ながわずら》いしていたため、借金がかさんだあげく、盗人に頼まれるまま合鍵造りに手を染めてしまった。

音吉は生まれつき手先が器用で、十六になったころには父の手伝いをするようになり、いっぱしの鋳物師気取りで界隈《かいわい》の色街で女の味を覚えた。

母は幼いころに亡くなったため、女のむっちりとした乳房に溺《おぼ》れたふしもある。

しかし、背丈が低いため、素人《しろうと》の娘にはまともに相手にしてはもらえなかった。

十八のとき、父が悪党とのいざこざに巻き込まれ殺されてしまい、音吉は堅気《かたぎ》に生きるのが馬鹿馬鹿しくなった。

とはいえ生来、腕力には自信のない音吉は、人並みはずれた目と耳とすばしっこさを生かして一人働きの盗人になった。

ただし、大店《おおだな》に侵入しても二十五両包みの封金には目もくれずに、バラの小判か一分銀や二分銀ぐらいのはした金をかきあつめて掠《かす》め取るだけだった。

商人は奉行所の役人を嫌うし、小額の金銭なら道楽息子や遊び好きの女房にやられたのかも知れないとあきらめ、届け出ないことが多いのを知っていたからである。

それに音吉は小間物を担い売りする行商人としての顔ももっているから、これまで一度も怪しまれたりせずにすんでいる。

酒と博打は性にあわないから、金を使うといっても安直な宿場女郎ぐらいのものので、おかげで貯えもすこしはできた。

恋女房でもできたら江戸の下町に小間物の小店《こだな》ぐらいもって安気《あんき》に暮らしたいというのが音吉の望みだった。

——お登勢さんさえウンといってくれりゃなぁ……。

音吉は思わず溜息をついた。

その肝心のお登勢が、こともあろうに鬼火の吉兵衛なんぞという物騒な悪党に今夜にも抱かれかねないのだ。

——なんとかしなくっちゃ……。

音吉は焦《あせ》りに焦っていた。

六

その夜、五つ半（九時）ごろ、お登勢はひとりで母屋《おもや》から離れた崖下《がけした》にある岩風呂にひっそりと浸かっていた。

茅《かや》を葺《ふ》いた脱衣場がわりの小屋の前に置いてある背の低い石灯籠《いしどうろう》の灯明皿《とうみょうざら》の灯心がほんのりと薄明かりを投げかけている。

春から秋にかけては風流を好む客に人気があるが、底冷えがしてくる晩秋の、しかも夜ともなると露天風呂はさすがに敬遠される。

昼間はまだしも、夜はめったに露天風呂に入りにくる客はいない。

箱根七湯は内湯も外湯も混浴で、この時刻になると内湯は座敷女中や下女でいっぱいになるし、それを狙って男衆もやってくる。

上背もあり、躰もおおぶりなお登勢はせせこましい内湯より、のんびりと手足をのばせる岩風呂が好きだった。

雨風の強い夜はともかく、少しぐらいの小雨なら風情があっていいものだ。

まわりは深い森につつまれていて、梟《ふくろう》の雄が、ホッホッホ～ホゥ～……と雌をもとめて啼《な》く声を聞いていると昼間の疲れが癒《いや》されるような気がする。

ここは外湯といっても［笹や］の敷地は高い塀で囲まれているから、山から獣などもはいってはこない。

お登勢は提灯《ちょうちん》の灯りも消して、月明かりの下でのびのびと手足をのばしていた。

離れの客の誘いをどうするか、お登勢はまだ迷っていた。

砧屋吉兵衛は京の呉服屋の主人らしいが、お登勢の臀を撫でまわした手つきも音吉より大胆だし、言うことも露骨だった。

だいたいが心付けにポンと二分もはずんでくれる客なんて、そういるもんじゃない。

お登勢の給金は並みの女中より、ちょっぴり高いものの、腰巻や長襦袢《ながジュバン》、足袋《たび》などは自前だし、ときには甘いものも欲しい。

そのなかからちびちび貯えるといっても、高の知れたものである。

お登勢は年寄る前になんとか二十両は貯えて、東海道筋に旅人相手に団子でも売る茶店ぐらいは持ちたいと思っている。

どうせ男運はないから、女ひとりで生きていく道はそれしかないと思っていた。

つましく貯えてはいるが、まだ十両にも手がとどかないありさまだ。

うかうかしていると、すぐ小三十、あっというまに四十女になってしまう。

ずっと「笹や」にいれば飯炊《めした》き女ぐらいには雇ってくれるだろうが、よいよいの婆さんになったら、それこそお先真っ暗だ。

あの客は涼しい顔でお登勢の臀を撫でまわしたりしてずうずうしいところはあるが、金回りはよさそうだ。

心付けに二分もはずんでくれた気前のよさからすると、今夜、吉兵衛の誘いにのって忍んでいけば小判の一枚ぐらいは弾んでくれそうな気がする。

しかも、番頭の話によると何日かは逗留してくれるらしい。

――そのあいだ、毎晩……ということにでもなれば、それこそ盆と正月がいっしょに来るようなものである。

それに吉兵衛は死んだ父親とおなじくらいの年配だが、かえって若い男より女のあつかいは上手だろう。

若い男は逞《たくま》しいものの、せっかちで自分勝手だが、年配の男は女のあしらいかたを心得ているものだ。

いろいろ迷っているうちにお登勢は、ここ何ヶ月も男の愛撫から遠ざかっていた女体の芯が疼いてきた。

「お登勢さん……」

ふいにくぐもったような男の声がして、お登勢はとっさに身をすくめた。

「だれ……」

湯のなかに放恣《ほうし》にのばしていた両足を急いでぎゅっとくの字に折り曲げると、両腕で乳房を覆《おお》い隠すようにした。

「す、すまねえ。おれだよ、おれ……」

その声は馴染《なじ》み客の音吉だとすぐにわかって、お登勢はホッとした。

「ま、いやだ。音吉さんね……」

「あ、ああ……」

七

湯気にくもる岩陰から音吉が首まで湯に浸かりながら近寄ってきた。

「もう、息がつまるかと思ったわ」

「勘弁してくんな。お登勢さんが毎晩ここにくることは知っていたから、おれはいつも岩の陰から見ていたんだよ」

「あら、いやだ……ずるいわよ。盗み見するなんて」

相手が音吉とわかってお登勢は気が楽になった。

混浴だから夏場は女中や、相方の雇女といっしょに岩風呂にはいる客もいる。

「声をかけてくれれば背中ぐらい流してあげたのに……」

「え、い、いや……できねぇよ、そんなことしたらお登勢さんに嫌われるかも知れねぇからよ」

音吉は湯のなかから顔だけだして近づきながら、熱っぽい目を向けて声をひそめた。

「けどよ。今夜はどうしてもお登勢さんのことが気になって、じっとしていられなかったんだ」

「え……」

音吉の思いつめたような口ぶりにお登勢は眉をひそめた。

「それ、どういうことなの……」

「な、頼むから、今夜、あいつのとこに行くのだけはやめてくれよ。な、お登勢さん……」

「あいつって……」

「だって口説かれたんだろ、供の男を連れた離れの客に……」

「どうして、そんなこと……」

「わ、わかるさ……」

音吉はちょっと口ごもったが、お登勢をひたと見つめた。

「惚れてりゃ、お登勢さんのそぶりで、なんかあったなってわかるもの……」

音吉は一気に吐き出した。

「お、音吉さん………」

お登勢はたじろいだ。

男からこんなひたむきな目で見つめられたことは、これまで一度もなかった。

——惚れてるだなんて……。

まんざら、ただの一夜の浮気ごころじゃなさそうだった。

——もしかして、このひと、本気でいってるのかしら……。

お登勢に気があることはわかっていたが、相手は上方《かみがた》から江戸にかけて担い売りをしている小商人《こあきんど》である。

ときどき臀を撫でたりして、ちょっかいを出してくるのも、旅のつれづれのホンの悪戯《いたずら》ごころだろうと思っていた。

しかし、音吉のいまの目つきはどうやらそうではないらしい。そう思った途端、お登勢は息がつまりそうになった。

これまで、お登勢は男から惚れているなどという言葉を聞いたことは一度もない。

別れた亭主も、お登勢に惚れて嫁にしたわけではなかった。

男というのは出来心で女を誘うだけのことが多いものである。

だから、お登勢は用心深く両手で乳房を隠しながら、音吉を見つめた。

湯に浸かっているせいもあって、音吉の背丈もそうは気にはならなかったが、惚れているという言葉を鵜呑《うの》みにする気にはなれない。

それに音吉は旅まわりの小間物売りで世辞のうまい男である。

「…………」

「な、あいつは表向きは堅気の商人のふりをしてるけど、ほんとは……い、いや、やめとこう。しゃべったら、おいら殺されちまう」

「え、まさか……」

お登勢は思わず目を瞠った。

「そ、そんな……なんてことというの」

「嘘じゃねぇ。おれだけじゃねぇぜ。あいつに見込まれたら、お登勢さんだってタダじゃすまなくなるにちがいねぇ」

音吉はゴクンと唾《つば》を飲み込むと、お登勢に近づいて声をひそめた。

鬼火の吉兵衛の恐ろしさは音吉もよく知っているし、音吉だって下手《へた》をすれば後ろに手が回りかねない盗人である。

音吉の正体がわかれば、お登勢も逃げ出してしまうだろう。

そこが音吉のつらいところだった。

ここは情に訴えて、搦《から》め手から口説くしかなかった。

「あいつ、きっとお登勢さんに気前よく、たんまり心付けはずんで口説いたんだろ」

「…………」

まるで音吉は見ていたようなことをいう。

「あいつのことはうかうかしゃべるわけにゃいかねぇけど、女を口説くときは銭を惜しまねぇやつさ。ま、あの年でおなごを口説こうとすりゃ金にモノをいわせるっきゃねぇもんな。お登勢さんだって湯宿で働いてりゃ、それくれぇのことはわかるだろう」

「………」

「お登勢さんだって生身のおなごだもんな。たまにゃ男の肌身が欲しくなることだってあるだろうしさ」

「そんな……」

「いいよ、いいんだ。あってあたりめぇだ。たまにゃ小遣い稼ぎに口説かれることだってあるだろうよ。お登勢さんみてぇないい女なら男がほっときゃしねぇもんな」

「いやだ。そんな、いい女だなんて……」

お登勢は羞じらいながら腰をくの字によじり、乳房をおさえていた両手を思わずはずして顔を隠した。

「そんなこといわれたの初めてよ」

「よせやい。お登勢さんみたいな、いい女、男ならほっとくもんか」

音吉は真顔でゴクンと唾を飲みこむと、腕をのばしてお登勢の手をぐいとつかんだ。

「おいら、まえからお登勢さんにぞっこんだったんだぜ」

音吉の声はお登勢がどきりとするほどマジだった。

「な、頼むから、あいつだけはやめてくれ。か、金なら、ほ、ほら……ここに、これだけある。いつか、お登勢さんにと思ってもってたような金だよ」

音吉はいきなり手に握りしめていた巾着袋《きんちやくぶくろ》をお登勢の手におしつけた。

「お、音吉さん……」

お登勢は息がつまりそうになった。

湯に浸かってずぶ濡れになっていたが、ずしりと持ち重りのする鹿皮《しかがわ》の巾着だった。

「小判もすこしまじってるけど、おおかたは粒金と一分銀か二朱銀で、ざっと十二両ぐれぇはあるはずだぜ」

「ど……どうして、こんな大金」

十二両といえば、ちいさな茶店ぐらいは出せるほどの金額である。

たかが旅まわりの小間物売りが持ち歩くような金ではない。

「なぁに、コツコツ貯えてきたのさ」

音吉はさらりとかわした。

――まさか、しこしこ盗みで貯えた金だとはいえやしない……。

音吉はお登勢に手をのばし、思い切って口説いてみた。

「それだけじゃねぇぜ。江戸や大坂にもすこしずつ預けてある。もしも、もしもだよ。お登勢さんと所帯をもてるようになればと思って貯えてきたのさ」

音吉の言葉は、まるきりの嘘や出まかせではなさそうだった。

「あ、あたしと、所帯を……」

「ああ、そうともよ」

音吉はここを先途と懸命に訴えた。

「おいら、はじめてお登勢さんを見たときから一目惚れしちゃってよ……けどさ、おいら、こんなチビだし、しがねぇ担い売りの小商人だろう。ちっとはまとまった銭でもなきゃお登勢さんにふられちまうにきまってらぁ。……だ、だから、おいら……」

音吉はたがいの腿と腿がくっつきそうな間近まで迫ると、お登勢の両手をつかんで、ぎゅっと握りしめてきた。

「知らなかったわ。あたしのことを音吉さんがそんなに思ってくれていたなんて……」

おしつけられた巾着の重みが、お登勢のこころにずしりと響いてきた。

それは銭の重さというより、音吉の誠意の重みのような気がした。

――本気でなきゃ、こんな大金を渡したりしないはずだわ……。

音吉が一夜だけの浮気をもとめているわけではないような気がしてきた。

たしかに背丈はすこし低いけれど、それもお登勢とくらべたらというだけで、たいして気にはならなかった。

それに、お登勢も、もう二十六、うかうかしていると三十年増になってしまう。

――もしかしたら、この人がわたしのさいごの男になるのかも知れない……。

ふっと、そんな気がした。

くっつけてきた音吉の太腿はきりっと筋肉がひきしまって、毛脛《けずね》がざらっとお登勢の臀にふれたが、不快な気はしなかった。

なによりも、惚れていたという言葉を男からささやかれたのは生まれて初めてのことだった。

もう、お登勢の脳裏から吉兵衛のことは綺麗に消えてしまっていた。

「お、音吉さん……」

お登勢は手をのばし、おずおずと音吉の手を握りかえした。

「ほんとに、あたしのことを……そんなに」

「ああ、本気だとも……おいら、おいら……こんなしょぼくれた男だけどよ」

「そんなことないわよ。……あたし、音吉さんは気持ちの優しいひとだと前まえから思っていたもの」

口にしてみると、ほんとうにそうだったような気がしてきた。

「それ、ほんとのほんとかい」

熱っぽい眼差しで見つめられ、お登勢は胸がきゅんと甘くしびれてきた。

「え、ええ……」

「お、お登勢さん」

しばらく食いいるようにお登勢を見つめた音吉は、やがてゴクンと唾を飲みこむと、お登勢の手首をぐいっと手繰《たぐ》り寄せ、懸命に抱きしめてきた。

音吉の思いつめたような眼差しと息づかいが迫り、お登勢はふいに全身のちからが気だるく抜けていった。

「お、お登勢さん……」

音吉はうわずった声になると、お登勢の量感のある躰に腕をまわし、おずおずと唇を寄せてきた。

お登勢が目を閉じてぐたりと全身を音吉にあずけると、音吉はしゃにむにお登勢を抱きしめ、唇を吸いつけてきた。

舌と舌がからみあい、音吉の手がお登勢の乳房をまさぐった。

片手で乳房をつかみとり、もう片方の手が腰にかかり、臀のふくらみをいとおしむようにせわしなく這いまわる。

なんとも、せっかちで、がむしゃらな愛撫だったが、音吉の懸命さがひしひしと伝わってきた。

舌をぐいぐいと吸いつけながら、腰をひきつけた掌が肌を愛撫しつつ、おずおずと内股にのびてきた。

お登勢は躰の芯が熱く疼いてきた。

ぎゅうっとしめつけていた内股をすこしずつゆるめると、音吉の手指の侵入を許してやった。

ふいに音吉の息づかいが鍛冶屋《かじや》の鞴《ふいご》のように慌ただしくなった。

もう、すっかり血のぼせてしまっている二人に言葉はいらなかった。

お登勢は舌をからませつつ、すこしずつ腰をうかせて迫《せ》りあがった。

樋《とい》から間断なく注ぐ湯音も耳にはいらなくなった。

いつの間にか、お登勢の臀は岩棚に腰をかけた音吉の股のなかにすっぽりとはまりこんでいる。

上半身は湯の外にさらしてしまっていたが、寒さは微塵《みじん》も感じなかった。

音吉はたっぷりしたお登勢のふたつの乳房に顔をもみこむように埋め、両腕でお登勢の腰を抱きしめている。

小柄だがおどろくほど逞しい腕だった。

二人の腹と腹のあいだに沈んだ巾着がひしゃげて、くくり紐《ひも》が湯のなかで途方に暮れたように泳ぎだしていた。

満天の星が二人の先行きを案じるかのように静かにまたたいている。

八

音吉とお登勢のふたりは灯心を短くした枕行灯《まくらあんどん》の淡い灯りのなかで、音吉が大事に持ち歩いている覚え書きを繰っていた。

ここは音吉が逗留している六畳間で、あたりはすっかり寝静まって深閑《しんかん》としている。

ふたりは岩風呂のなかで一度、この部屋にこっそりともどってからも一度、声を殺しつつ激しくもとめあった。

しんしんと底冷えのする夜だったが、二人がもぐっている夜具のなかはぽかぽかと暖まって寒さも感じない。

覚え書きには金額と預かり証文を書いたものの名前が認《したた》めてある。いずれも達筆で、書き手の名前は僧侶のものだった。

「ほら、これが浅草の妙願寺《みょうがんじ》の住職が書いた金五両の預かり証文さ」

「お坊さんの……」

「そうよ。ちょいとした寺の坊主は金を預かっちゃ武家や商人に金を貸しつけて利鞘《りざや》を稼ぐのよ。知らなかったのかい」

「ま……」

「おまけに預けるほうからも、ちょいとした手間賃をとるし、貸した相手からも利息をとる。坊主丸儲《まるもう》けってやつよ」

「ひどいわねぇ」

「なぁに、ほかにも座頭金《ざとうがね》とか検校《けんぎょう》金てぇのもあるんだぜ。座頭も検校も按摩《あんま》が金を積んで成り上がるんだがよ。根っこは金貸しみてぇなもんよ」

音吉が世の中の裏の裏をよく知っていることにお登勢はおどろいた。

検校も、寺の住職も寺社奉行の管轄で、町奉行は手を出せないらしい。

「それによ。寺の金蔵は漆喰《しっくい》塗りの土蔵だから火事で焼けるしんぺぇもねぇ。てめぇでもってるよりずんと安心だし、坊主は死んでも寺の証文は生きてるからな、猫ばばされるしんぺぇもねえのよ」

「へぇえ、音吉さんて賢いのねぇ」

「よせやい。苦労してるから世の中の表も裏もいろいろと見てきただけのことさ」

ふたりは床のなかで腹ばいになり、夜具を頭からすっぽりかぶって、肩と肩をくっつきあわせ、声をひそめてささやきあっている。

おかしなもので、わりない仲になった男と女というのは肌と肌がくっついてもすこしも嫌な気がしないものだ。

音吉はささやきながらも、手はやすみなくお登勢の肌身を愛撫しつづけていた。

「な、これが小石川《こいしかわ》の源覚寺《げんかくじ》の住職の預かり証文で、ここはちょいと大口で十二両ある」

「あら、ま……そんな大金預けておいてだいじょうぶなの」

「なぁに、坊主金は信用が看板だから、まず心配はないさ。ただ、もしもってこともあるから、あちこちに分けて預けてあるだけのことさ」

「ほんと賢いのねぇ。音吉さんて……」

「どうってこたぁねぇよ。こんな世知辛《せちがら》い世の中で生きていくにゃ、耳と目と頭を使わなくくっちゃな」

その耳と目と頭を使って、これまで一人働きの盗みで稼いできたなんてことはお登勢にいうわけにはいかない。

――ただ、こうなったら、もう盗人の足はすっぱり洗って、お登勢と所帯をもち、江戸の深川《ふかがわ》か下谷《したや》あたりで一間間口《いっけん》の小店でも借りて堅気になろう……。

音吉はひそかにそう思いきめた。

これまではひとりぼっちだったが、いまはお登勢がいる。

お登勢はたっぷりと量感のある躰をしているが、絖絹のような艶やかな肌をしているし、気持ちの優しい女だ。

しかも、なによりも音吉がたじろぐほど官能の豊かな女だった。

鬼火の吉兵衛が寒鴨みたいな女だといったのもわかる気がする。

――もう手放すわけにゃいかねぇ……。

ふたりは夜具を頭からすっぽりかぶり、音吉は寝間着をひっかけてはいるものの、褌《ふんどし》ははずしたままだし、お登勢も赤い腰巻と白い肌襦袢だけだった。お登勢は肌身を許してくれただけではなく、こころも音吉にひらいてくれていることがわかった。

それに寝ているとたがいの背丈のちがいも気にならない。

音吉は横臥《おうが》したまま、お登勢のこんもりした臀のふくらみを飽きずに愛撫しつつ、もういっぽうの手で乳房をいじっている。

「おれ、いまでも夢みてるみたいだよ。お登勢さんとこうしてるなんて……ほんと、このまんま死んでもいいくらいだ」

お登勢の腰をひきつけると、音吉は手鞠《てまり》のようによく弾む乳房に頬をぐいぐいとこすりつけ、ツンと尖《とが》っている乳首にしゃぶりついていきた。

「ン、もう……」

お登勢はくすぐったそうに身をよじり、音吉の股間を指でまさぐった。

「お、おい。そうされっと、おれ……また」

「また、なぁに……」

お登勢の声が湿って、艶やかで白い腕を音吉の首に巻きつけてきた。

音吉が口を吸いつけると、お登勢は仰向けになって音吉を抱きしめ、なめらかな腹をひたとおしつけた。

音吉は躰を起こして、お登勢の腰に腕をまわしながら耳元でささやいた。

「な、明日は番頭にうまいことといって、仮病で寝ていたほうがいいな」

「え、ええ……でも、あのひと、ほんとにそんな怖いひとなの」

「ああ、おれがこんなこといったってわかったら、おいら、まちがいなく殺されちまうだろうよ」

「ほんとうなの……」

「嘘じゃない。あいつはな……」

音吉は声をひそめると、お登勢の耳元でささやいた。

「え……鬼火のなんとかって、それ、どういう」

お登勢はおおきく双眸を見ひらくとゴクリと固唾《かたず》を飲みこんだ。

「しっ……」

音吉はお登勢の耳に口を寄せて、小声で打ち明けた。

「ま……そ、そんな」

「いいから、もう、その名は忘れちまいな」

音吉はまばたきひとつせず、真剣なまなざしになった。

「手代だといってる連れのやつは鏨の彦蔵という吉兵衛の片腕だ。なにせ、やつらは人を殺すことなんかなんとも思っちゃいない連中だからな」

「わ、わかったわ……」

お登勢はぶるっと身震いすると音吉の首にしがみついてきた。

「でも、どうして……音吉さん、そんなこと知ってるの」

「旅まわりをしてるとな。いろんな連中と顔見知りになるし、物騒なことを見聞きもするのさ。なかにゃ巾着切りもいるし、コソ泥だっている」

「ま……怖い」

音吉はなだめるように笑みかけた。

「なぁに、やつらだってみんなが悪党とはかぎらねぇ。借金で首がまわらなくなって女房に逃げられたり、餓鬼《がき》のときに拐《かどわ》かされて巾着切りになっちまった女もいる。根っからの悪党ばっかりじゃねぇよ」

――おれだって、そうさ……。

音吉は胸のうちでひとつうなずいた。

「お役人のなかにゃえらそうにふんぞりけぇって、裏じゃ袖の下をふんだくってるやつもいっぱいいる」

「そうよね……小田原にもそんな役人が結構いたわ」

「だろう……てめぇらの目障《めざわ》りになるものはお縄にして、拷問《ごうもん》にかけちゃ無理やり罪人にしちまう役人だっているんだ。巾着切りやコソ泥なんか可愛いものさ」

音吉は腰をもたげて茱萸《ぐみ》の実のようなお登勢の乳首をしゃぶりながら、ささやいた。

「そいつらと顔見知りになって一杯やってると、いろんな世間の裏街道がわかるのよ。ま、おたがいさまってわけだ」

音吉はお登勢のなめらかな肌を飽きることなく愛撫しながら、寝物語をつづけた。

「おいらは小間物を売りながら、あちこちの商人の懐《ふところ》具合や家の間取りなんかを知ってるからよ。そいつらが聞きたがってることをしゃべってやるし、やつらもいろんなことをしゃべってくれる。もちつもたれつさ」

音吉は手をお登勢の秘所にのばしつつ、ウンとひとつうなずいた。

「だからよ。おれはそいつらから見聞きしたことを役人なんかにしゃべらねぇことにしてるんだ」

ほんとうはその逆で、音吉もそんなおしゃべりで耳にしたネタで稼いでいたのだが、そんなことはお登勢にいわなければすむことだ。

だが、根が素直なお登勢は露ほども音吉のことを疑ってはいなかった。

「音吉さん、ずいぶん苦労してきたのね」

「よせやい、おいらなんかまだましなほうよ。いつか、芽が出るときもあると思って、しこしこ小銭を貯えてきたのさ」

「えらいわ。音吉さん……」

お登勢は乳首をしゃぶられ、また、じわりと兆《きざ》してきた股間をひらきつつ、音吉の太腿に足をからめた。

音吉は口を吸いながら、お登勢の腰に手をのばしかけ、ふと首をもたげた。

「そりゃそうと、お登勢さん。……かみやへいぞうってぇお侍の名前をどこかで聞いたことがないかい」

「え……」

「なんでも、やっとうの腕が凄《すご》いサンピンらしいんだけどね」

「かみやへいぞう……その名前、どこかで聞いたことがあるわ」

「ほんとかい」

「ええ、もしかしたら、それ、番頭さんが小田原の城下にいったとき買ってきた瓦版《かわらばん》に出ていたお侍じゃないかしら……」

「瓦版に……」

「ええ、なんでも元は旗本の次男だったらしいけれど御屋敷を出て、お医者さんになったおひとだそうよ」

「へええ、お医者にねぇ……」

「なにか事情があったんでしょうね。お医者の腕のほうはどうだかわからないけれど、その、かみやへいぞうというおひとは剣術の達人で、何人ものおなごを拐かして異国の海賊に大金で売り渡そうとしていた盗賊の一味を斬ってしまったとかで、江戸じゃ大変な評判になったらしいわ」

「ほう……」

「それだけじゃなくて、いまの公方《くぼう》さまが紀州《きしゆう》の藩主だったときに伊皿子坂《いさらござか》で襲ってきた刺客を退治したこともあるそうよ」

「ふうむ……」

山里の湯宿で女中をしているお登勢の耳にもはいってくるくらいだから、かみやへいぞうという男はたいした剣術遣いにちがいないと音吉は思った。

「ねぇ、なんなの、その、かみやへいぞうとかいう、おさむらい……」

「い、いや……ちょいと小耳にはさんだだけのことさ。たいしたことじゃねぇよ」

音吉はさりげなくかわし、おずおずときりだしてみた。

「なぁ、お登勢さん。いっそのこと思い切って、おれといっしょに江戸に出て所帯をもってみる気はねぇか」

「え……」

お登勢は思わず目を瞠った。

——お江戸……。

幼いころ父といっしょに陸奥の中津山から小田原に向かう途中、江戸の浅草というところで一晩だけ泊まったことがある。

日が暮れるころ浅草寺《せんそうじ》という大きな寺にお参りしただけだったが、お祭りでもないのに人がごったがえしていて、迷子にならないよう父の着物の袂《たもと》をしっかりつかんでいた記憶があるだけだった。

父に聞いたところによると、江戸という街は公方さまがいらっしゃるから諸国から人が集まってくるので毎日が人、人、人で賑《にぎ》わうのだということだった。

女中たちも暇なときは、江戸の芝居役者や吉原《よしわら》という郭《くるわ》のことなどを話のタネにする。

そんな江戸にいっしょに行こうと、音吉はこともなげに誘った。

しかも、その江戸でお登勢と所帯をもとうという。

なんだか夢のようなはなしだった。

「おれ、もう一日だってお登勢さんと離れていたくねぇんだ」

お登勢の肌身を愛撫しながら、音吉はここを先途と懸命に訴えた。

「おいらも、もう三十を過ぎたからな。いつまでも旅まわりの担い売りなんかしてちゃはじまらねぇしよ」

音吉は半身を起こし、お登勢にささやきかけた。

「お江戸でも下町なら間口一間ぐれぇの小店だったら二、三十両もありゃなんとかなる。な、な、どうだい、お登勢さん」

「え……」

お登勢はまじまじと音吉を見つめた。

「それ、本気なの……」

お登勢はふとやかな腿をひらいて音吉を受け入れながら、まだ迷っていた。

肌身を許したとはいえ、見知らぬ江戸という街についていくというのは胸がわくわくする思いもあるが、おなじくらいの不安もつきまとう。

「ああ、本気だとも……おれ、お登勢さんをはじめて見たときから、ずっと……どこにいても忘れたことはなかったよ」

音吉はうっすらと汗ばんでいるお登勢の乳房に顔をもみこんだ。

「お登勢さんと……こうなるなんて、おれ、おれ……夢でも見てるようだよ」

乳首を吸いつけながら、音吉は懸命にお登勢をかき口説いた。

「お、音吉さん……」

お登勢は腕を音吉の首に巻きしめると思い切り口を吸いつけた。

「あ、あたし……」

「な、な、いいだろう」

部屋の北向きの戸障子からは寒気がしんしんと伝わってくるが、火照《ほて》った肌身はそれすらも気にならない。

寒鴨も、丹頂鶴も、春がくれば芦ノ湖から飛び立ってゆく……。

もしかしたら、お登勢にもそろそろ飛び立つときが訪れたのかも知れない。

「笹や」の東側にある深い森のなかに棲《す》みついている梟の啼く声がホッホッホゥ～と侘しげに聞こえてきた。

第二章　鬼《おに》　娘《むすめ》

一

ここ二十日あまり、カラカラの晴天がつづいている。

おまけに江戸名物の空《から》っ風が吹いて、しぶとい鼻風邪や、喉をやられて咳《せき》が止まらないと訴えるものがあとをたたなかった。

千駄木《せんだぎ》の団子坂上《だんござかうえ》で医者の看板をだしている神谷平蔵の診療所にも毎日のようにそんな患者がやってくる。

かるい風邪ならうがいをして、火鉢《ひばち》に鍋でもかけて湯を沸かした部屋で寝ていればなおるはずだが、それでは診察代ももらいにくいし薬代も取り損ねる。

医者も商売だから、風邪は万病のもとだといって薬を処方しなければ飯の食い上げになってしまう。

とはいえ洟水《はなみず》ぐらいならともかく、喉を痛めると喘息《ぜんそく》にもなりかねないし、肺炎を起こして命とりにもなりかねない。

平蔵は若くて体力のある患者には［麦門冬湯《ばくもんどうとう》］をあたえ、年寄りの患者には［半夏厚朴湯《はんげこうぼくとう》］を処方することにしていた。

麦門冬湯は荒れた喉の粘膜を治癒《ちゆ》し、喉に潤《うるお》いをあたえる効能がある。

また半夏厚朴湯には咳を抑え、年寄りに多い肺炎を防ぐ効能があると、小川笙船《おがわしようせん》からすすめられたものである。小川笙船は伝通院《でんずういん》前で治療院をひらいている、平蔵が尊敬する名医だった。

十日も咳がとまらず商売にもさしつかえると悩んでいた白山権現《はくさんごんげん》前の料理屋［あやめ屋］の女将《おかみ》が団子坂のせんせいの薬はよく効くという評判を聞いて訪れ、平蔵の処方を受けたが、「せんせいのおかげで助かりました」と今朝早くにやってきて、三両もの礼金を置いて帰った。

この女将は血痰《けったん》まで出ていた重症の口だったから三両でも安いくらいだとは思うが、家計をまかなう妻の篠《しの》は上機嫌だった。

「おまえさま。おかげで今年は風邪さまさまですわね……」

台所の上がり框《かまち》に腰をかけた平蔵の髪の元結いを結びながら篠が医者の妻には

あるまじき不埒《ふらち》なことをほざいていると、だれかが玄関の障子戸をあけようとしているらしく敷居がガタピシと軋《きし》んだ。

玄関は夜になると木戸をしめるが、夜が明けると障子戸一枚だけにしている。その障子戸の敷居がすりへって、あけたてが悪くなっているのだ。

「なんとまぁ、建て付けの悪い戸じゃろ……こんなボロ家がぼっちゃまのお住まいとは情けない」

ぶつくさとぼやく声が聞こえる。

「ははぁ、市助《いちすけ》だな……」

平蔵が苦笑したとき、ようやく戸障子があいて白髪《しらが》頭の市助が藁苞《わらづと》を手に土間にはいってくるのが見えた。

玄関の土間と台所の土間には目隠しのための暖簾《のれん》がぶらさげてある。

「おい、ここだ。ここだ」

平蔵が声をかけると、いそいそと暖簾をくぐってきた市助が腰を屈めて馬鹿丁寧にバッタのように頭を何度もさげた。

「これはこれは、ぼっちゃま……お変わりもなく、なによりでございまする」

「ン、うむ……」

仏頂面《ぶっちょうづら》の平蔵に代わって篠が優しく声をかけた。

「市助さんもお達者のようで何よりですね」

「おお、これは、若奥さま……いつ、お目にかかってもお若く、お綺麗で、市助めには生身の観音さまのように見えまする」

「ま……」

篠が小娘のように赧《あか》らめた頬を両手でおさえて羞じらった。

――ちっ、なにが観音さまだ……。

たかが三両の礼金でほくほくしている観音さまが、どこにいるかと舌打ちした。

市助は平蔵の生家でもある駿河台《するがだい》の神谷家の下男で、平蔵が生まれる前から奉公している爺さんである。

神谷家は禄高《ろくだか》千八百石の譜代旗本で、その次男坊だった平蔵を、市助はいまだにぼっちゃま呼ばわりする癖《くせ》がぬけない。

もう六十を越しているわりには足腰も達者だが、若いときはなかなかの道楽者だったらしく世辞にも年季がはいっている。

そのくせ平蔵の女が変わるたびに忠義立てしては、いろいろと難癖をつける。

最初の縫《ぬい》のときは「子連れの女はいけませんな」とぬかしたし、文乃《あやの》と同棲していたときは「武家の女に町家暮らしは長つづきしませせぬよ」などと小首を捻《ひね》った。

先年、離別した波津《はつ》のときは「片親で一人娘というのはどういうものですかな」と難色をしめした。

なんとも小うるさい爺さんだが、三人ともに平蔵のもとを去る羽目になっている。

三人ともにそれぞれ事情があってのことだが、まんざら市助の忠義立ても的外れとはいいきれないふしもある。

ただ、いまのところ篠についてはケチをつけないところを見ると、市助も気にいっているのかも知れない。

篠がいそいそと茶を淹《い》れに立つのを見送りながら市助は首をのばしてささやいた。

「ところでぼっちゃま、おめでたはまだでございますか……」

「なにぃ……」

「い、いいえ、ぼっちゃまのややのお顔を拝見しなくては市助めも死ぬにも死ねませんので、はい」

「バカ。おまえの都合にあわせてややをつくれりゃ、世話はないわ」

「もしかして、ぼっちゃま、おなご遊びが過ぎて子種が出払っちまったんじゃございますまいね」

真顔で言いにくいことをずけっとぬかす。

「こいつ！　出払ったとはなんだ」

「ほい、これは口が過ぎました」

涼しい顔でにんまりした。なんとも食えない爺さんではある。

「それよりも市助。いい加減に、そのぼっちゃま呼ばわりはよさんか。大の男をつかまえてぼっちゃまでもなかろうが」

うんざり顔で睨《にら》みつけた。

「なんの。いくつになられようが、この市助めにとっては、ぼっちゃまはぼっちゃまでござりまするる」

「ちっ……」

暖簾に腕押しとはこのことだとあきらめた。

なにしろ赤ん坊のころには襁褓《おしめ》を替えてもらったり、三つ子のときは、愚図《ぐず》ると泣きやむまで肩車してあやしてもらい、じぃじぃ、じぃじぃとまつわりついていたそうだから観念するしかない。

「ところで、今日はなんの用だ。まさか篠にややができたかどうか探りにきたわけじゃあるまい。ン」

「いいえ、とんでもございませぬ。この市助めが、そのような失礼なことを……」

団扇《うちわ》のようにせわしなく手をふってから市助はひょいと声をひそめてささやいた。

「実は、奥方さまが若さまのことでぼっちゃまにご相談がおありだそうで……」

「ふうむ。忠之《ただゆき》がなにかやらかしたのか」

忠之というのは兄・忠利《ただとし》の息子で、平蔵の甥《おい》っ子になるが、神谷家にとってはかけがえのない跡取りでもある。

二

嫂《あによめ》の幾乃《いくの》は神谷家に嫁《とつ》いで翌年に娘を一人産んだが、その三年後に待望の男子を出産した。

それが忠之で、今年十九歳、むろん元服もとうにすませている一人前の男である。

長女の丈代《ともよ》は大番組《おおばんぐみ》で禄高八百石の旗本田宮《たみや》家の嫡男《ちゃくなん》に嫁いで、すでに二人の男子を産んでいるし、次女も去年の春、婚して間もなく身籠もったそうだ。

丈代は気立てのいい娘で平蔵にもよくなついていたが、忠之は剣術は苦手だったものの学問好きで、肌合いがちがうため平蔵を避けるようにしていた記憶がある。

その忠之のことで相談とはなんなのか、見当もつかない。

「ふうむ……もしかすると忠之め、そろそろ色気づく年頃だから屋敷の若い女中にでも手をつけたのかな」

「と～んでもござりませぬ。若さまはぼっちゃまとはおおちがいで文武両道に励んでおられまするぞ」

「こら、おおちがいとはなんだ」

「ほい、これは、ちと市助めも口がすべりすぎました」

市助め、ぴしゃりとおでこをたたいてしゃらりとしている。

茶うけの味噌《みそ》漬《づ》けを刻みながら、篠が忍び笑いしていた。

「こいつ……」

睨みつけたが、市助は平気の平左《へいざ》でにんまりしている。まったくもって食っても食えない古狸《ふるだぬき》の爺さまである。

「それにしても、忠之のやつ、たしか剣術は苦手だったはずだが」

「いいえ、朝は早くから書物を読まれていて、昼からは菊坂町《きくさかちょう》にあるきとうだか、かとうだかという柔術の道場に毎日せっせとお通いになっておられますです。はい」

「ああ、起倒流《きとうりゅう》のことだな」

「へ、へぇ……ま、ぼっちゃまみたいに木刀で殴り合うなどという物騒なことはなしで、夫婦《めおと》のとっくみあいみたいなことをするそうで、へへへ……若さまの嫁取りには御役にたちそうでございますよ。はい」

「バカ。なにが夫婦のとっくみあいだ。柔術は立派な武芸だぞ」

「へぇ、若さまもそうおっしゃってましたが、市助めがのぞいてみたときは、なにやら若い男とおなごが仲良くとっくみあいっこしておりましたよ」

「ふうむ。そりゃ、まぁ武家のおなごのなかには柔術をやるものもおろうさ。べつにおかしくはないぞ」

「ははぁ、ですが、嫁入り前のおなごがあんなことをしていると嫁の貰《もら》い手がなくなりゃしませんかねぇ」

「ちっちっちっ、おまえが心配することではないわ」

平蔵、苦笑いして舌打ちした。

「ふうむ。あの忠之が柔術を、な……」

起倒流の流祖は寺田正重《てらだまさしげ》という武士で、寛文《かんぶん》から延宝《えんぽう》のころにかけて広まった柔術の流派である。

柔よく剛を制すともいい、武家の子女のなかにも身を守る役にたつというので道場に通うものも結構いる。

「菊坂町といえば、ここからもそう遠くはない隣町のようなものじゃないか」

「はい、さようで……」

「ふうん……あやつが柔術を、な」

「はい。こうっ、と……かれこれ三年になりますですな。はい」

「ほう、三年か……あの泣き虫の忠之が柔術を三年もつづけているというだけでもたいしたもんだ」

「はい。そのせいか、若さまはこのところ見違えるほど逞《たくま》しくおなりになりましたでございますよ」

「それは頼もしい。なんといっても神谷家の跡継ぎだ。文昭院《ぶんしょういん》さまのように英邁《えいまい》でも、病弱では世継ぎも絶えてしまうからな」

文昭院というのは六代将軍家宣《いえのぶ》のことである。犬公方《いぬくぼう》とひとびとからそしられた綱吉《つなよし》の傍若無人《ぼうじゃくぶじん》な悪政を一掃した名君だったが、在任わずか三年、五十一歳で病没。子には恵まれなかった。

跡目を継いだ家継《いえつぐ》も幼いころから病弱で、わずか八歳で亡くなってしまった。なんとか御三家《ごさんけ》の紀州藩主だった吉宗《よしむね》が将軍位について、幕府もようやく落ち着いたばかりである。

武門は世継ぎを残すことがなによりの大事で、神谷家にとっても嫡子の忠之は掌中《しょうちゅう》の珠《たま》であることは平蔵にもわかっている。

「ま、学問もいいが、躰も鍛えんことには子造りもこころもとないからな」

「は、はい。あのぶんなら、若さまも、いつ奥さまをお迎えになってもご心配はないと思いますです。はい」

「しかし忠之も忠之なら、嫂上《あねうえ》も嫂上だな。おれを蚊帳《かや》の外にしたままで柔術の道場にせっせと通わせていたなどと、これっぽっちもいわなんだぞ」

「まぁま、よいではありませぬか」

茶を淹れてきた篠が笑みかけた。

「忠之さまが文武両道に励まれているとはご立派ですわ。市助さんのいうとおり、おまえさまとはおおちがいですわね」

「ちっ！　なにをぬかすか。おれが忠之みたいな堅物だったら、おまえに手出しなどしちゃいなかったぞ」

「はいはい、ほんにそうでしたわね……」

篠はどこ吹く風でさらりといなし、市助に茶をすすめると、腰をくの字にひねりながら台所に立った。

――あいつめ。はいはいとはなんだ……。

それに、おまえさまとはおおちがいという言いぐさも気にいらん。

どうも、おなごというのは、一旦、女房になってしまうとだんだん亭主を軽くあしらうようになる生き物らしい。

流しの横にしゃがみこんだ篠は袖《そで》をたくしあげて糠漬《ぬかづ》けをかきまわしている。

きりっとしまっていた腰まわりも近頃は脂《あぶら》がのって丸みがついてきたが、そのぶん篠は口も達者になってきている。

餓鬼《がき》のころからの親友の矢部伝八郎《やべでんぱちろう》にしても三人の子持ち寡婦《かふ》の育代《いくよ》にぞっこん惚《ほ》れたばっかりに、いまじゃ子守までおしつけられ、顎《あご》と臀《しり》でこき使われている。

これで、もし篠に赤子でもできた日には、平蔵とて伝八郎のようになりかねない。

——そのうち一発、喝《かつ》をいれておかねばならんな……。

それにしても、あの糞《くそ》まじめな忠之のことで、気丈《きじょう》な幾乃がおれに相談とはどういうことだろう。

子《し》、曰《のたま》わくの見本みたいな堅物だった忠之が母親に反旗を翻《ひるがえ》すなどということは、まずありえない。

何はともあれ嫂の幾乃は、平蔵にとっては母親のような存在である。

その幾乃に呼ばれたとあれば、なにはさておき行くしかあるまい。

しかし、子供のころからなんとなく平蔵を敬遠し、避けてきた忠之のことで相談があるとはなんだろう。

なにやら嫌な予感がしてきた。

三

市助が帰って間もなくして、団子坂下の銀杏《ぎんなん》長屋に住んでいる仙助《せんすけ》という石工《いしく》が足首を痛めて動けなくなってしまったというので往診に出向いた。

長屋の入り口に銀杏《いちょう》の大木があって、秋口には熟れた銀杏の実が鈴なりに実り、風が吹くたびに黄金色《こがねいろ》の葉といっしょに落ちてくる。

ここには篠がひとり住まいしていたこともあって、長屋の連中はほとんどが平蔵と顔見知りだった。

そのせいもあって、やれ風邪をひいただの、腹下ししただのといっては気安くやってくるが、まともに診察代や薬代をはらったこともない連中ばかりだ。

仙助の女房のおかねが三月前に風邪をひいて寝こんだときの往診料や薬代もいまだに未払いのままだが、だからといってほうっておくわけにはいかない。

綾乃の件は後回しにして、とりあえず銀杏長屋に向かった。

仙助の住まいは長屋の奥の角を曲がって四軒目、右隣が廻り髪結いをしている喜八《きはち》の住まいで、左隣が桶《おけ》職人の庄助《しょうすけ》の住まいだった。

戸障子をあけると、流し台のそばにしゃがんで糠漬けの樽《たる》をかきまわしていた女房のおかねが石臼《いしうす》のような尻をもちあげて出迎えた。

「すいませんねぇ、せんせい。うちのドジがバカやらかしちゃって……」

「バカとはなんでぇ。そのバカに惚れて押しかけ女房におさまりやがったのはおめぇだろうが」

「へん、むりやり押し倒しといて、押しかけ女房とはなにさ」

「なにぃ」

「ふたりともいい加減にせんか！」

平蔵、呆《あき》れて一喝した。

「喧嘩《けんか》する元気があるなら、治療することもなかろう」

じろりと睨みつけると、さすがにふたりとも亀の子みたいに首をすくめておとなしくなった。

痛めたという左の足首は、内出血して丸太みたいにむくんでいた。

頼まれていた墓石を墓地に据えにいったところ、墓石が倒れて足が石の下敷きになったのだという。

倒れた墓石が運よく隣の墓石にもたれかかってくれたおかげで、踏み潰《つぶ》されずにすんだものの、足首を捻挫《ねんざ》してしまったらしい。

「打ち所が悪かったら、おまえが墓に入る羽目になるところだぞ」

「へぇ、まったくドジなこって……」

「ほんとにドジったらありゃしない。いっそのこと墓石で頭打ってくたばってくれたほうが、あたしゃせいせいするんだけどね」

女房のおかねが流し台の前からふりむいて毒づいた。

「な、なにぃ……」

怒鳴りかけた仙助が途端に顔をしかめて泣きっ面になった。

「いててっ……」

「ま、当分はかみさんに逆らわんことだな。三度の飯から厠《かわや》通いの面倒もかみさんにみてもらわなくっちゃならんぞ」

「へ、へい……」

仙助がしゅんとなって首をすくめたとき、いきなり右隣でわめき声がしたかと思うと、どたばたと暴れまわる音とともに、みしみしと板壁がしなった。

「ちくしょう！　やりやがったなっ」

「なにさ、このごくつぶしっ」

どたんばたんと家鳴り震動する地震さながらの物音の合間を縫って、喜八の怒鳴り声と女房のお波《なみ》の金切り声がいりまじる。

「あらあら、また、はじまっちゃったみたいだよ」

おかねが下駄を突っかけ、勢いよく表に飛び出していった。

「いったい、なんの騒ぎだ」

「へっ、おきまりの夫婦喧嘩でさ。喜八のやつは女癖がわりぃからね。二日も家に帰らなかったんだから、お波さんもぶちきれたんでさぁ」

「ふうむ……」

「なにせ、廻り髪結いでやすからね。どこぞの寡婦《やもめ》か、好きものの年増《としま》といいちゃついてやがったんですぜ」

「ははぁ、相当な遊びものだな」

「へえ、長屋じゃだれもが知ってまさぁ」

どうやら喜八のところでは夫婦喧嘩は日常茶飯事らしいが、この騒ぎでは落ち着いて治療もしていられない。

「せんせい！　ちょっと来て止めてやってくださいよ」

おかねがバタバタと舞いもどってきて平蔵に助けをもとめた。

「お波さんが包丁なんかもちだしちゃって、あぶないっちゃありゃしない」

「しょうのないやつらだな」

平蔵、舌打ちしてしぶしぶ腰をあげた。

四

雪駄《せった》をつっかけて隣に出向いた。

戸口の前には物見高い野次馬の人だかりができていた。

ほとんどが長屋の女房たちで、なかには白髪の婆さんまでまじっている。

止めるどころか、おもしろがって見物している女房や子供たちがほとんどだった。

「お波さん、かまわないから嚙みついてやりな！　あたいたちがついてんだからさ！」

「ああっ、またやられちゃったよ……」

「こらっ！　いい加減にしろ。けしかけてどうするんだ」

平蔵が一喝し、両手で人垣をかきわけて前に出た。

途端に屋内から鍋の木蓋《きぶた》が飛んできた。

とっさに平蔵がひょいとよけると、木蓋が野次馬女房の頭にあたって悲鳴があがった。

屋内は障子は破れるわ、押し入れの襖がはずれて布団が飛び出しているわ、あちこちに茶碗や鍋がころがっているわで、惨憺《さんたん》たる状況になっている。

押し入れのなかには二人の幼い子供が犬の仔みたいに肩を寄せ合い、呆然《ぼうぜん》としている。

喜八は着衣の袖がちぎれ、褌《ふんどし》まではずれかけた物乞《ものご》いみたいな姿だし、お波も髷《まげ》はざんばらになり、ぷりぷりした乳房は丸出しで、赤い腰巻ひとつのあられもない格好のまま山猫みたいに爪を立てて喜八の顔をひっかきにかかっている。

「こんちきしょう！　よくもやりやがったな！　ぶっ殺されたいのかっ」

「なにさ！　今日という今日は我慢できないねっ」

腰巻ひとつのお波が、ボロ屑《くず》みたいな喜八に飛びかかり腕に噛みついた。

「いてててっ！」

悲鳴をあげた喜八が、お波を投げ飛ばし、馬乗りになって殴りつけようとした。

平蔵が、そのうしろから喜八のふりあげた腕を逆手《さかて》にねじあげた。

「ばかもんっ！」

「な、なにしやがんでぇっ」

猛然とふりむいた喜八がギョッとなった。

「せ、せんせい……」

平蔵は喜八の腕に嚙みついている山猫の髷をつかんで大喝した。

「よさぬかっ！　子供たちを見ろ。哀れと思わんのかっ！」

押し入れのなかの子供を指さした。

「まだ三つと五つの子だぞ。親のこんなざまを見て、どんな思いをしているかわからんのかっ！」

平蔵は喜八とお波の頰をひっぱたいて睨みつけた。

「へ、へい……」

喜八はしゅんとなったが、お波のほうは息を荒らげながら、まだ夜叉《やしゃ》のような顔になっている。

「子を生む生まないは親次第だが、子は親をえらぶことはできん。すこしは我が子の気持ちも考えてやれ。嫌いでいっしょになったわけじゃなかろう。ン？　喜八も喜八なら、お波もお波だ。その、おっぱいを飲ませて育てた子供の手前、恥ずかしいとは思わんか」

「え……」

ようやく、おのれのあられもない姿に気づいたらしく、慌ててかたわらでとぐろを巻いていた袖のちぎれた着物をつかみとって前を隠した。

「すいません、せんせい……」

ざんばらになった髪の毛を急いで掌《てのひら》でなでつけ殊勝《しゅしょう》な顔つきになった。

「でも、ね。せんせい、うちのときたら家賃も払わずに、どこぞの女狐《めぎつね》といちゃついて二日も帰ってこなかったんですよ。もう今日という今日はほとほとあいそもくそもつきましたよ」

「てやんでぇ。女狐が聞いて呆れらぁ。おめぇこそ狸の置物みてぇな……」

「黙れっ！」

平蔵はわめきかけた喜八の頬をふたたびひっぱたいた。

「あわわっ！」

喜八が吹っ飛んで柱に思い切り頭をぶっつけた。

「きさま、だんまりで二日も留守にしたというのがほんとうなら悪いのはきさまのほうだ。お波に両手をついてあやまれっ」

「え、ええ……そ、そんな」

「ぐずぐずぬかしておると、今度はおれが承知せんぞ！」

ぐいと睨みつけ、脇差しの柄《つか》に手をかけて脅しつけた。

「指の一本か二本、叩き斬《き》ってやる」

「あ、わわわっ！　か、勘弁してくださいよ。せんせい」

青くなって柱にしがみついた。

「どうする。お波……指ぐらいじゃ腹の虫がおさまらんというなら、股座《またぐら》の一物《いちもつ》を叩き斬ってやってもいいぞ」

「え……」

お波が狸みたいな両目を忙《せわ》しく瞬《また》かせた。

「お、お波……な、なんとかいってくれよ」

喜八は震えあがって、お波の膝にとりすがるとバッタのようにぺこぺこ頭をさげた。

「お、おれが悪かった。このとおりだ……」

「そうねぇ……」

お波が平蔵のほうを見て、にんまり片目をつむってみせた。

どうやら一件落着したようだ。

仙助の住まいにもどって、ようやく足の手当てをすませた平蔵が長屋の木戸のほうに向かうと、木戸の手前にある井戸端で洗濯をしていた女房がふりむいた。桶職人をしている庄助の女房のお栄《えい》だ。

「あら、せんせい……」

お栄は大盥《おおだらい》を前におっぴろげていた股を急いで閉じると、立ち上がってきて愛想よく世辞をふりまいた。

「朝っぱらから大変でしたわね。せんせいも往診したり、喧嘩の仲裁したり……」

「まぁ、な。それより、おまえの尻のほうはもうおさまったのか」

「え、いやですよ。もう……」

照れたように腰をくねらせた。

「恥ずかしいったらありゃしない」

お栄は痔《じ》もちで、三日前もへっぴり腰になって平蔵の診療所に泣きついてきた。

お栄が照れ笑いしたのは、そのとき白い尻をまくって平蔵に突ん出したことを思い出したからだろう。

親指ほどもある疣痔《いぼ》が飛び出していて、歩くのもつらそうだった。

痔疾《じしつ》は命にかかわることはないものの、完治するのが難しい難病のひとつでもある。

平蔵が師事している伝通院前の名医、小川笙船からもらった［妙仙膏《みようせんこう》］を患部に塗布し、通じが柔らかくなる軟便薬を処方してやったばかりである。

［妙仙膏］は鬱血《うつけつ》を散らす軟膏《なんこう》だが、痔は便が固くなったり、睡眠不足になると出やすい病いでもある。

お栄は水商売あがりだけに、夜更かしと寝酒が癖になっている。

「おかげさまで、なんとかおさまってますけれど……」

「いいか、痔は一生ついてまわる。夜更かしと深酒はひかえろよ」

「わかってますよう……」

口を尖《とが》らせて、ピシャリと平蔵の肩をひっぱたいた。

どうも、お栄は水商売あがりだけに男ずれしたところがある。

「おまえのところはだいじょうぶだろうな。喜八夫婦の二の舞にならんようにしろよ。夫婦喧嘩の仲裁なんぞ二度としたくないぞ」

「あら、うちのひとはあたしにぞっこんですもの。まちがっても浮気なんぞしやしませんよ」

「庄助のほうじゃない。危ないのはおまえのほうだ」

「ま、いやな、せんせい……あたしが浮気するような女に見えますか」

お栄は蓮《はす》っ葉《ぱ》な目つきになると、またピシャリと平蔵の肩をひっぱたいた。

気さくなところはいいが、なんとも危ない女だと苦笑した。

五

――翌日。

朝飯をすませると、そうそうに紋付き袴《はかま》に着替えて駿河台の屋敷に向かった。

屋敷に来るときは着流しはまかりならぬと兄から釘をさされている。

篠も心得ていて、日頃はめったに袖に手を通したことのない黒紋付きと小倉《こくら》袴を引っ張り出してきて、着替えさせてから平蔵を送りだした。

千駄木から駿河台までの道のりは結構あるが、下町とちがって道幅もあるし、武家屋敷が多いせいか散歩には向いている。

おまけに今日は晴天で、青空の下を歩くのはいい気分だった。

このあいだまで、せわしなく飛びかっていた燕《つばめ》の姿は見られなくなったかわりに堀端に出ると鴨《かも》や鷗《かもめ》が群れているのが見られるようになった。たまに白鳥が羽をひろげて頭上を舞うのも見られる。

雑木は黄葉し、道には落ち葉があちこちに葉だまりをつくっている。

季節は秋から冬に向かいつつあるようだ。

駿河台の神谷家の屋敷はちょっとした小大名の屋敷ほどもある。

平蔵は中庭に面した奥座敷につくねんと着馴《きな》れない紋付き袴の姿で正座していた。

奥向きの女中が運んできた上等の羊羹《ようかん》をパクつきながら、平蔵は床の間に飾られている見事な五葉松《ごようまつ》の盆栽を品定めしていた。

青々した葉陰に見える白く太い舎利《しゃり》幹《かん》が年輪を感じさせる。

どうせ、どこかからの贈り物だろうが、左右に張り出した枝振りも見事なら幹も平蔵の手首より太いくらいだ。

五葉松は生育の遅い木だから、樹齢も百年近くはたっているだろう。

——たたき売っても三十両は堅い……いや、うまくすると五十両でも買い手がつくかも知れんな。

そんな不届きな胸算用をしていると、裳裾《もすそ》を滑らせて幾乃がやってきた。

「よく来てくれましたね、平蔵。だしぬけに呼びつけたりしてすまなんだの」

「なんの、嫂上のお呼び出しとあれば万難を排しても駆けつけますするぞ」

「ま、うれしいことを……わたくしをそのように思うてくれるのはそなただけですよ」

「は……」

どうやら兄の忠利は御用繁多《はんた》にかこつけて、あまり屋敷には居着かないらしい。

幾乃は四十を越した大年増とはいえ、天性の美貌はまだ衰えるどころか、いまだに水気たっぷりである。

兄の目付という仕事は旗本や御家人の監察役で、謹厳実直でなければ務まらない役職だが、すこしは女房や子供にかまいつけてやってもよさそうなものだ。

跡継ぎができれば、もはや妻に用はないではあんまりではないかと平蔵は思う。

大奥では上様の御手《おて》がついた御局《おつぼね》でも、三十路《みそじ》を過ぎれば御褥御免《おしとねごめん》を願い出るのが慣例らしいが、おなごの三十路、四十路《よそじ》といえば色気も水気もたっぷりの女盛りだ。

俗にも、おなごは灰になるまでというほど達者なものだ。

長屋の女房どもなら反乱を起こしかねないところだろう。

だいたいが平蔵は昔から血のつながった兄よりも、嫂びいきである。

「なにか、忠之のことで相談があるとのことですが……」

「え、ええ……それが、ひとさまには申せぬことゆえな」

日頃の幾乃には似げぬ、なんとも歯切れが悪いようすだった。

「ははぁ、さては忠之がどこぞのおなごにややでも孕《はら》ませましたか」

「ま……」

幾乃がおおきく目を瞠《みは》って頬を赧らめた。

平蔵に相談といえば、そのあたりしかあるまいと見当をつけたのだが、どうやら的外れだったらしい。

「そのようなことなら心配などいたしませぬよ。わたくしがなんとでもいたします」

幾乃は揶揄《やゆ》するような目になった。

「むかしから、そなたのおなご遊びの尻ぬぐいで馴れておりますもの」

「これは……恐れ入ります」

「その逆ですよ」

「は……」

平蔵、首をかしげた。

——おなごの尻ぬぐいの逆とはどういうことだ……。

とんと見当がつかなかった。

六

——まいったな……。

渡り廊下を忠之の部屋に向かいながら平蔵は舌打ちした。

——いったい、忠之のやつ、十九にもなってなにを考えとるんだ。

幾乃の話によると、先月、忠利は老中の戸田山城守《とだやましろのかみ》から声をかけられ、遠縁の旗本の姪《めい》が年頃なので、忠之の嫁にどうかともちかけられたらしい。

その娘は芳紀《ほうき》まさに十七歳、琴《こと》と茶を嗜《たしな》み、器量もよく、こころばえも申し分がないということだ。

しかも、その父親は禄高千五百八十石、小納戸頭取《こなんどとうどり》を務めているという。

小納戸頭取は将軍の身近に勤める役職で、出世の登竜門《とうりゅうもん》のひとつでもある。

小納戸には御膳番《ごぜんばん》、奥之番《おくのばん》、肝煎《きもいり》、御髪月代《おぐしさかやき》、御庭方、御馬方、御鷹《たか》方、大筒《おおづつ》

方などにわかれているが、それを統率する頭取は目配りのきく者でなければ務まらない役職である。

禄高も釣り合っているうえ、老中の声がかりで、おまけに器量もよく、こころばえもいい娘とあれば、忠之の縁組の相手としては申し分ない。

むろんのこと忠利は一も二もなく、欣喜雀躍《きんきじやくやく》して快諾し、下城した。

ところが忠之にそのことを告げると、にべもなく撥ね付けられてしまったらしい。

忠利は激怒して、なにがなんでも承知させろと幾乃に厳命した。

しかし、幾乃がいくら説得しても忠之は頑《がん》として突っぱねて、どうしてもその嫁をおしつけるなら、生涯、嫁などもらわなくてもいいと言い放ったという。

「ははぁ、まだ早いというならともかく、生涯、嫁などもらわなくてもいいというのはどういうことですかな……」

平蔵、これには唖然《あぜん》とした。

「あやつ、もしかして、ほかに好いたおなごでもいるのではござらんか」

「ええ、わたくしも初めはそう思いました」

幾乃は口重く、うなずいた。

「ところが、どうもそうではないようで、いざともなれば、神谷の家はだれぞ養子でももらって跡目を継がせればよい、などと……」

「それは、また……」

ここにいたって平蔵、ようやく幾乃の心配の原因が奈辺《なへん》にあるかがわかった。

まだ十九歳なら何も嫁取りを急ぐことはなかろうとは思うものの、兄の忠利は五十の坂を越えているし、幾乃も四十過ぎの大年増である。

なに、まだまだひとふんばりすれば子づくりができないこともない年だが、もともと兄は若いころから平蔵とちがっておなごには淡泊な質《たち》だった。

おまけに根が生真面目《きまじめ》なうえに出世欲も人一倍強いほうだ。

婚して二十年もたった古女房の嫂上などと房事に励もうという気はさらさらなさそうである。

とはいっても徳川家《とくがわけ》の譜代旗本の神谷家とすれば一日も早く忠之に身を固めさせ、跡取りの孫の顔が見たいということだろう。

しかも、武家の跡取りは最優先すべき課題である。

幾乃が男子を出産するまで、平蔵を簡単に外にだそうとしなかったのは万一のときに神谷家の跡取りの候補として備蓄しておきたかったからだということもわかっている。
それに武家の惣領《そうりょう》ともなれば十七、八で婚することもめずらしくはない。
とはいえ、この縁談は老中の声がかりだし、すでに忠利も快諾してしまってい
る。
忠利は怒り心頭に発して、どういう育て方をしていたのかと幾乃を叱責《しっせき》し、ど
うでも忠之がウンといわぬのなら屋敷からほうりだし、嫁にだした丈代の次男を
養子にして跡目を継がせろなどと血迷ったことをいっているらしい。
ところが、その丈代の次男はすでに養子先がきまっているというのだ。
「このぶんだと、もしやしてそなたにお鉢がまわってくるやも知れませぬよ……」
「なんですと……」
「でも、そなたは神谷の血筋を引く次男ゆえ、跡目を継ぐに不都合なことは何ひ
とつない身ですよ」
幾乃までが、そんな途方もないことを口にする始末だった。
——冗談じゃない！
平蔵は舌打ちして厠にはいり、袴の裾をたくしあげて、檜造《ひのきづく》りの朝顔めがけて
小便を勢いよく飛ばしながらぼやいた。

――なんで、おれが兄者《あにじゃ》や忠之のとばっちりを受けなきゃならんのだ。

まだ平蔵が十七、八の部屋住みのころならともかく、いまや町家暮らしにどっぷりと首までつかり、医者稼業にもなんとか目鼻がつきかけている。

おまけに篠という妻もいる身だ。

たとえ篠がウンといったとしても、平蔵にしてみれば、いまさら屋敷に出戻って神谷家の跡目を継ぎ、さようしからばの殿中出仕などするのは真っ平御免、糞食らえだ。

――くそっ！　忠之のやつ、なにをご託《たく》をほざいておるんだ……。

小便のしずくを払い、憤然として厠をあとにした。

七

忠之の部屋は離れの二間で、手前の一間は書庫に使われているというが、畳には塵《ちり》ひとつなかった。

壁には作り付けの本棚があって、四書五経《ししょごきょう》、左伝《さでん》、史記《しき》、唐詩選《とうしせん》などの書物がきちんと揃えられて山積みになっている。

平蔵の部屋は北向きの六畳一間だったが、忠之は嫡男だけあって南向きの日当たりのいい二間という贅沢《ぜいたく》なものだ。

いつも部屋は散らかし放題で、幾乃に叱《しか》られてばかりいたことを思うと、まさに雲泥《うんでい》の差である。

これも跡継ぎの嫡男と、部屋住み身分の次男とのちがいというものだろう。

おまけに掃除は女中がマメにしているらしく、障子の桟《さん》も綺麗に拭いてある。

——ちっ！　餓鬼のころからちやほやと若さまあつかいされて育った弱虫の甘ちゃんが、いまさら柔術の稽古とはどういう風の吹き回しなんだ……。

たしかに市助がいっていたとおり、部屋の一隅には洗い立てらしい柔術の稽古着が何枚もきちんと畳んでおかれているが、むろんのこと女中がなにからなにまで面倒をみてくれているのだろう。

——おれなら女中と相撲《すもう》の稽古でもするところだがな……。

こんないたれりつくせりで育てられた忠之には柔術の稽古に熱心に通うよりも、乳母日傘《おんばひがさ》で育って、琴や茶の湯をたしなんでいるという姫と婚して、せっせと子作りに励むのが似つかわしいだろう。

「おい、忠之。おれだ……」

奥の部屋の襖を勢いよくあけると、南面の丸窓の前で端然と見台《けんだい》の前に正座して、漢字ばかりの古びた書物を読んでいた忠之が端整な眉をひそめて見迎えた。

どうやら幾乃に似たらしく、無骨な兄とは似ても似つかぬ白皙《はくせき》の貴公子である。

「叔父上、なにか御用ですか」

忠之は見台の前からふりむくと、いきなり紋切り口調でつっかかってきた。

むかしから平蔵とは肌合いのちがう甥だったが、いつもは顔を合わせると忠之は礼儀ただしい受け答えをしていたものだ。

それが、今日はめずらしく初手からようすがおかしい。

「ほう、それがひさしぶりに会う叔父のおれへの挨拶《あいさつ》かね」

いささかムッとしたが、ここでことを荒だてては、平蔵にも嫂上のとばっちりがかかりかねない状況である。

むらむらする腹の虫をおさえ、叔父らしく穏やかにたしなめることにした。

「ええ、おい。論語《ろんご》にも目上には礼に非《あら》ずんばなんとやらと戒《いまし》めておろうが、いったい学問所でなにを学んできたんだ。ン？」

「なんとやらではわかりませぬ」

「なにぃ……」

「人として礼無き者は、常に人と怨《あだ》を結ぶ。そうおっしゃりたいのでしょうが、論語をひきあいにだされるのなら、きちんと文言《もんごん》を引用してください」

「ふふ、礼儀知らずのわりには揚げ足取りだけはいっちょうまえじゃないか」

「叔父上こそ断りもなく人の私室に入るのは非礼ではありませぬか」

「ちっ！　なにが私室だ。ここは忠之の屋敷かね。まだ親の脛《すね》かじりの分際でえらそうなことをいうな」

びしっとひとつきめつけておいて、叔父らしく睨みをきかせた。

餓鬼のころは平蔵の顔を見ただけで怯《おび》えて逃げ回っていたものである。

いまは身の丈は五尺四寸（約百六十四センチ）、まぁまぁ男としてはそこそこの体格だが、五尺六寸（約百七十センチ）余の平蔵を前にすると、どうしても気圧《けお》されるらしく、忠之は目をそらせてしまった。

「いいか、おれは嫂上からきさまに会ってくれと頼まれたから来たんだぞ」

「母上の頼みといえば、およその見当はついています」

忠之はがらりと態度を一変させて、にべもなく撥ね付けた。

「おおかた、ご老中のお声がかりだという娘を嫁にもらえという話でしょうが、叔父上にはなんのかかわりもないことです。お引き取りください」

切れ長の目をちらっと向けると、きっとなってそっぽを向いた。

「ン、ま、よけいなお節介かも知れんが、そこは叔父甥の仲だ。この縁談のどこが気にいらんのか、わけを話してみたらどうだね」

ぐっとこらえ、ここはひとつ、ものわかりのいい叔父らしくもちかけた。

「それはもっともだと思えば、おれが兄上や嫂上にかけあってやろうじゃないか」

「いいえ、叔父上に話したところで無駄なことです。どうせ叔父上は母上の肩をもたれるにきまっていますから……」

素っ気なくきめつけると、くるっと背中を向けてしまった。

「こいつ！」

いっそのこと、胸ぐらつかんで、ぶん殴ってやろうかと思ったが、幾乃に頼まれた手前、はやばやと退散するわけにもいかない。ここは我慢のしどころである。

「ま、よかろう。おれにはかかわりのないことだから、どうでもいいが、きさまは神谷家の跡取りだから、いずれは嫁をもらわなきゃならん身じゃないか」

平蔵、あぐらをかいたままで、ぐいっと膝をおしすすめた。

「な、おい。まだ、嫁など欲しくはないというのならそれでもいいが、相手の姫は十七歳の娘盛り、しかも見目麗《みめうるわ》しく躾《しつけ》もよくできたおなごだと聞いたぞ。その、どこが気にいらんのだ。ン？」

平蔵はつるりと顎を撫《な》でると、がらりと作戦変更した。

「おまえも十九といえばいっちょうまえの男盛りだ。そろそろおなごも欲しくなる年頃だろうが。……なんの、男としてはそうあってしかあるべき、なんら恥じることなどありはせんぞ」

頭ごなしが通じないとなれば、あとは搦《から》め手からやんわりいくしかない。

「四書五経を読むのもいいが、古事記《こじき》も読んでみろ。男女の営みのなんたるかがよくわかるぞ」

一応は叔父らしくもっともらしい能書きをたれてみたが、反応は芳《かんば》しくない。

「ともあれ、縁談の相手はたいそう器量よしの姫だそうじゃないか。おれが、おまえなら一も二もなくウンというだろうよ」

「わたくしを叔父上といっしょにしないでください」

「ン？　ま、ま、そうとんがるな」

平蔵、むかっとしたが、ここはどこまでも穏やかで、ものわかりのいい叔父を装うしかない。

「ええ、おい。おまえも十九ともなれば朝な夕なに褌に帆柱《ほばしら》がおったつころだろうが。自慢じゃないが、おれなんぞは十五、六のころから股座がむずむずして、毎夜のごとく頭に血のぼせたものよ」

途端に忠之の目つきが一変した。

「やめてください。わたくしは叔父上のような遊蕩児《ゆうとうじ》ではありませぬ」

「こいつ！　遊蕩児とはなんだ」

ひよっこみたいな甥っ子に小馬鹿にしたような口をたたかれ、平蔵、腹がたったというより啞然呆然とした。

「おい。きさま……」

頭に血のぼせかけた平蔵を、忠之は冷や水でも浴びせるように睨み返した。

「そもそも叔父上は屋敷にいたころから、やたらと女中たちの着物の裾をまくってみたり、見るも忌《い》まわしい浮世絵など見ては喜んでいたではありませぬか」

「ン……」

——忌まわしいとはなんだ！

「おい。あれはよそからもちこんできたわけじゃなし、神谷家の蔵に秘蔵されていたものだぞ。つまりは、ご先祖さまも見ていたということじゃないか」

「………」

「そもそも、春画は武将が兜《かぶと》の裏に秘めて出陣するときの縁起物にしたり、娘が嫁入るとき箱枕に忍ばせて初床の心得にするためのものなんだぞ」

どうだといわんばかりに蘊蓄《うんちく》を披露《ひろう》してみたが、忠之には逆効果だったらしい。

「ですが、叔父上は素行が悪いのを父上から咎《とが》められ、蔵に閉じこめられたときご覧になったと市助から聞きました」

「う、うむ。ま、それはそうだが……」

——ちっ、市助のやつめ。ぺらぺらとよけいなことを……。

「一事が万事、叔父上の素行がはなはだ芳しからざるものだったことは屋敷のだれもが認めているはずです」

「なにぃ……」

平蔵、さすがに青二才の甥にこうまで嘲笑《ちょうしょう》されては我慢の糸が切れかけ、思わず拳《こぶし》をふりあげかけたが、脳裏に幾乃の憂《うれ》い顔が浮かんで手出しだけは思いとどまった。

「ま、よかろう……」

苦虫を嚙みつぶしたような顔になって忠之を見返した。

「おまえのいうとおり、おれは素行いたって悪く、あまり褒《ほ》められた男ではなかったことはたしかだ」

ここは一歩二歩、三歩もゆずって、おのれが手の焼ける腕白《わんぱく》坊主だったことは認めるとしても、それほどの悪事をはたらいたつもりもない。

「しかしだぞ。人間も所詮《しょせん》は生き物、獣の仲間だろうが……」

ここは正攻法の理詰めでいくしかないと、ふたたび戦法を変更した。

「いいか、忠之。人間も生き物の仲間なら春情に目覚めるころともなれば野山に棲《す》む獣の雄《おす》が雌《めす》をもとめるように、男がおなごの柔肌をもとめるのは至極当然、なんら恥じることではなかろうが。ええ」

平蔵、ウンとひとつうなずいてから、さらに一歩踏み込んだ見解を披露した。

「当家の馬小屋に飼われている馬にしても、そのあたりにうろついている犬や猫にしてもだ。盛りがつけば雄は雌の尻に乗っかって番《つが》おうとするだろうが。なに、人間とておなじ獣の仲間よ」

「やめてください！　そのような下品なことは耳にしたくもありませぬ」

忠之は憤然と平蔵を睨み返した。

「おい！　下品とはなんだ。下品とは……聞き捨てならんな」

ここにいたって、ついに平蔵、我慢の緒《お》がぶちきれた。

「人間も獣の仲間だというのが下品なことなのか！　きさまはおれよりも上等の代物《しろもの》だとでもいいたいのか！」

一変した平蔵の形相に、忠之はさすがに顔面蒼白になったが、なおも言いつのった。

「そうはもうしませんが、盛りがつくなどという下品なことは耳にしたくもなければ、おなごと番うなどという生臭いことを耳にするのはまっぴらだと申しているだけです」

「おい。男がおなごと番うのを生臭いこととはなんといういいぐさだ」

平蔵は膝をおしつめた。

「だいたいが、おまえを産んでくれた嫂上もおなごだぞ。きさまも、その母上の腹から生まれてきたんだろうが。ひとが生臭い生き物でのうてどうする。男とおなごが睦《むつ》みおうて子を孕《はら》み、子を産んで育てる。生き物として至極当然の営みだぞ」

「やめてください！　もう、叔父上とは話したくありませぬ」

突き放すように言い放つと、忠之は憤然として部屋を飛び出していった。

「おいっ！　待たんか」

とっさに追いかけようかと思ったが、もう話したくないといわれては腰をあげる気もしなくなった。

「それにしても……」

かつては平蔵を見かけると、怯えたような目になって顔をあわせるのを避けていた忠之とは別人のようだった。

七つか八つの子供ならともかく、十九にもなって、あんな青臭いことを放言するようでは到底、嫁取りの話などまとめようもない。

こいつは、どうやらおれの手には負えんかも知れぬなと平蔵は太い溜息をついた。

八

「いったい、どうしたというのですか。忠之は廊下で女中を突き飛ばし、屋敷から飛び出していったそうですよ」

日頃は物静かで、めったに動じない幾乃の表情が、こころここにあらずというように案じ顔になっている。

「まさか、忠之を殴ったりしたのではありますまいね」

「いやいや、はじめはあやつめ、いけしゃあしゃあと涼しい顔をしくさって、おれのいうことなど歯牙《しが》にもかけぬゆえ、むらむらっと腹がたって、ガンと一発……おっとっと、これは、ちと、口がすべりました」

平蔵、にやりとして頬をひとつポンとひっぱたいた。

「ま……たたいたのですか、忠之を」

「いや、ひとも生き物の仲間、年頃になれば春情を催《もよお》すのは至極当然のことといった途端に、そんな下品なことは耳にしたくないとぬかしおって……」

「…………」

「まぁ、それがしの言い方が下世話に過ぎたのかも知れませぬが、七つか八つの子供ならともかく、十九ともなれば一人前の男子。若者の春情を下品ともうすようでは、とても嫁取りのはなしなど受けつける余地はございますまい」

「そうでしたか……」

幾乃は深ぶかと溜息をもらした。

「それに忠之は、どうやらそれがしのことを頭から手のつけられぬ素行不良の無《ぶ》頼《らい》の輩《やから》と見ているようですな」

平蔵、ホロ苦い目になった。

「どだい夫婦の営みを生臭いというようでは縁談などとてもまとまりませんよ」

幾乃の手前、すこしは控えめにしておいたが、意は十二分に通じたはずである。

「………」

幾乃は絶句して、しばし放心しているようすだった。

「ま、たしかに忠之の目から見れば、この平蔵の行状は神谷家の恥さらしに見えるのでしょう」

「なにをもうすやら、そなたが恥さらしなどとんでもないことです」

幾乃はきっぱりと首を振った。

「わたしはもとより、忠利どのも何かというとそなたを頼りにしておられるというのに、それが、忠之には見えておらなんだのでしょうね」

しばし幾乃はうつろなまなざしになり、ひとりごちるようにつぶやいた。

「あの子はいつの間に、あのように意固地《いこじ》な若者になってしまったのであろ……」

「さて……意固地というよりも、ちと潔癖《けっぺき》の度が過ぎておりますな」

平蔵、腕組みしたまま、思案投げ首で天井を見上げた。

「もしやすると忠之は、いたって身性《みじよう》よろしくなかった叔父のおれのようにはなりたくはないという若者の一途《いちず》さが昂《こう》じて、それがしを毛嫌いするようになったとも考えられますが、あるいは学問所で本の虫になったせいかも知れませぬ」

「本の虫……ですか」

「さよう。学者のなかには清廉潔白《せいれんけつぱく》、心身清らかに身をつつしめなどと坊主か聖者のようなことをほざく者もおりますが、おなじ学者でも新井白石《あらいはくせき》先生のように人も獣の仲間、清らかな水には魚も棲まず。ひとは清濁《せいだく》あわせもつことが肝要ともうされるおひともおられますゆえ……」

　平蔵、真顔になって幾乃を見た。

「野山の獣はほうっておいても盛りがつけば雄は雌を追いかけ、雌は強い雄を受け入れて子を孕みますが、なまじ賢者の書物ばかりにのめりこむと、得てしてひとという生き物は獣とはまるで違う上等の生き物だと勘違いしかねませぬ」

　平蔵はめずらしく能弁になった。

　ここははっきりといっておかないと、相談をかけられた値打ちがなくなる。

「どうやら忠之はその勘違いした口のような気もいたします」

「勘違いのう…………」

幾乃は弱々しくうなずいた。

「もしやしたら、そなたのもうすとおりかも知れぬな」

双眸を遠くに泳がせ、つぶやいた。

「なにせ、殿も口癖のように平蔵のような粗野な男になってはならぬともうされ……」

いいさして幾乃は口ごもった。

「いえ、わたしは決して、そなたをそんなふうには思ってはおりませぬよ」

「いや、お気遣《きづか》いは無用……忠之の目から見ればそれがしなどは粗野も粗野、神谷家の恥と思うておるにちがいござらん」

平蔵はこともなげに笑みをうかべた。

「ま、たしかに、この平蔵は不行跡《ふぎょうせき》、不品行のかたまりのような男だったことはたしかですからな」

「いいえ、わたくしは嫁いできたときから、そなたのような男こそ武家の子にふさわしいと思っておりましたよ」

幾乃はためらいもなく、きっぱりした口調で断言した。

「は……」

平蔵、いそいで訂正した。

「い、いや、とんでもござらん。この平蔵などは神谷の名を汚《けが》す不出来者にちがいありませぬ」

「なんの、たしかにそなたはやんちゃで、悪さがすぎて、持てあますことも多々ありましたけれど、弱いものをいじめたり、神谷の家柄を笠に着るようなことは微塵《みじん》もない子でしたもの……」

幾乃は深ぶかとうなずいてみせた。

「とはもうせ、この神谷の家を継いで公儀のお役目につくにはふさわしくない、やんちゃな性分でしたから、屋敷を出て御医師だった叔父上の養子になったのは、そなたにとってよいことと喜んでおりましたよ」

幾乃がはじめてもらした本心にふれ、平蔵は思わずジンと胸を打たれた。

幾乃が兄のもとに嫁いできて以来、羽目をはずしてばかりいた義弟の平蔵をなにくれとなく庇《かば》ってくれたのは、嫂としての務めだけではなく、そういうふうな目で平蔵を見てくれていたかららしい。

「でも、忠利どのはそなたとはまるで正反対……もし、女中たちが内緒で芝居役者の品定めでもしていようものなら、妄《みだ》りがましいと頭ごなしに叱りつけるような堅苦しいおひとですからね」

すこし声をひそめながら、幾乃は慈《いつく》しむような目でほほえんだ。

「そなたも千代田《ちよだ》のお城にご奉公するよりも、町家暮らしをしている今のほうがよかったのではありませぬか」

「は、たしかに……」

平蔵はきっぱりとうなずいた。

「もしも、それがしが、どこかの旗本に養子にはいってお城にあがることになったら、おそらくは上役に嚙みついたり、同僚と争いごとを起こしたりして、いくつ腹を切っても足りない羽目になっていたでしょう」

ポンと頰をひっぱたいて苦笑した。

「それに嫂上のようなおひとならともかく、乳母日傘で育った権高《けんだか》い姫を妻にあてがわれて家柄を笠に着られたりしようものなら、それこそ遊里にいりびたったり、女中には手をつけるわ、はたまた上役や同輩と諍《いさか》いを起こしたりするわで、下手《へた》をすれば養家が取りつぶしになっていたやも知れませぬ」

「そうであろうな。そもそもが、そなたは天下泰平の世にはそぐわぬ男なのであろう」

幾乃は遠い目になってつぶやいた。

「なれど、武家屋敷ばかりがひとの住まいではありませぬよ。わたくしは、いまでも、そなたと篠の仲睦まじい町暮らしを内心では羨《うらや》ましく思うておりますもの」

「は……」

「いまから思えば、そなたは神谷の家を出てほんとうによかったと思いますよ。しきたりや格式ばかりを重んじる武家の窮屈な暮らしなど、ひとの幸せとはほど遠いものですからね……」

独り言のようにつぶやいた幾乃の侘《わび》しげな表情に、平蔵は胸を衝かれた。

これほど幾乃を身近に感じたことはついぞなかったような気がする。

「嫂上……」

平蔵は膝をおしすすめた。

「十九にもなった男は母親の手には負えんものです。兄上は御用繁多ゆえ、息子のあしらいまでは目もまわりかねますまい」

「…………」

「ま、忠之のことはなんとか平蔵が引き受けますゆえ、ご安堵《あんど》なされ」

男の子は十五、六ともなればたいがいは母親のいうことなど馬耳東風《ばじとうふう》で聞き流すものである。下手をすれば父親にさえ臍《へそ》を曲げて歯向かうものだ。

とはいっても、忠之は神谷家の大事な跡取りだし、母親は男の子に甘いものと相場はきまっている。

子供のころから母親がわりに平蔵の面倒をみてくれた幾乃のためにも、ここは肩入れしなくてはもうしわけないというものだ。

ただ、犬の遠吠えとおなじで、人も弱みを見せたくないときほど逆にムキになるものである。

忠之の屁理屈もそれに類するもののような気がした。

——これには何か裏があるにちがいない。

そんな気がしてならなかった。

ともあれ、ここは幾乃のためにもひと肌もふた肌も脱ぐしかないだろう。

「平蔵どの……」

幾乃は縋《すが》るような目で平蔵を見つめると、深ぶかと頭をさげた。

「迷惑であろうが、よしなに頼みます」

九

忠之は雪駄を突っかけただけで表に飛び出していったという。

おどろいた門番が声をかけたが、怒鳴りつけられて止めようがなかったらしい。

神谷家の家士が数人、手分けしてこころあたりを探しにいったが、忠之は小銭ももっていなかったというから、幾乃もさほど心配はしていなかった。

――五つ六つの子供じゃあるまいし、そのうち腹がすいたら帰ってくるだろう。

生意気な口をたたいても、忠之はふてくされて酒を飲みにゆくようなことはないだろうし、ましてや白粉《おしろい》臭い女のいる遊所に足を運ぶことはまちがってもあろうはずがない。

そう思って平蔵は、市助になにかあったら知らせに来いと言い置いて千駄木の自宅に帰ることにした。

留守のあいだに腹病みの患者がひとり、ほかに虫歯が痛むという子供が母親に連れられてきたそうだが、篠が腹病みの患者にはゲンノショウコ、虫歯の子にはとりあえず痛み止めの薬を出しておいたらしい。

どちらも無難な薬で、平蔵が診《み》てもおなじような処置をしただろう。

むろん、診察代も薬代もとらなかったというから、留守番にしては上出来の口だ。

「どうやら、おまえも代診ぐらいはできそうだな」

奥の間で窮屈な紋付き袴を脱ぎ捨て、普段着に着替えながら褒めてやったら、篠はよしてくださいと口を尖らせた。

「もし、お留守のあいだに手のつけようがない大怪我をしたおひとでも担ぎこまれたらどうしようかとハラハラしておりましたよ」

「なに、おまえならなんとかしただろうさ。それに当節は大道占いの易者《えきしゃ》や、怪しげな祈禱《きとう》師まがいの婆さんまで医者でございと看板をあげておるご時世だからな」

平蔵、にやりとした。

「おまえのような色っぽい年増が治療してくれるとなれば、おれが診てやるよりも千客万来で繁盛するやも知れんぞ」

「もう、なに、おっしゃってるんですか」

ぷっと頰をふくらませ、睨みつけた。

「なんの本気も本気、おれが病人でも、むくつけな男に診てもらうより、おまえみたいな色っぽい女医者に診てもらうだろうよ」

「もう……」

睨みつけたが、色っぽいというよいしょが利いたらしく顔は笑っている。

「それより嫂上さまの相談事とはなんだったのですか」

「なに、他愛もない親子の口論よ」

忠之との揉《も》め事は今後のこともある。そうやたらと口外するわけにはいかない。

「ま、嫂上さまが忠之さまと口争いをなさるなどめずらしいこともあるものですね」

篠はあっさりと笑い流した。

あれこれほじくり返さないところが篠のよさでもある。

「せんせい、いるかい……」

威勢のいい濁声《だみごえ》が玄関で響いた。

「あら、滝蔵《たきぞう》さんのようですよ」

篠がいそいそと迎えにたちかけるまでもなく、暖簾をかきわけて火消しの滝蔵がぬうっと髭面《ひげづら》をだした。

縦縞《たてじま》の半纏《はんてん》に股引《ももひき》、突っかけ草履《ぞうり》というういなせな格好である。

「これは、ご新造《しんぞ》さん……」

頭の鉢巻をはずし、愛想よく世辞をふりまいた。

「いつ見てもお綺麗でやすね。へへっ、あっしもせんせいにあやかりてぇや」

「ま、お口上手《くちじょうず》なこと、滝蔵さんのご新造も深川育ちだけに小粋《こいき》で垢抜《あかぬ》けたおひとじゃありませんか」

「へっ！　うちのかかぁなんざ、夜見世でたたき売っても買い手がつかねぇってぇ豆狸の置物みてぇな代物でさぁ」

「こいつ……」

平蔵、苦笑して冷やかした。

「その豆狸に入れあげて深川に通いつめたのはおまえじゃないか」

「へっ、よしとくんなさいよ。あいつがどうでもおれといっしょになりてえってんで、しょうことなしにもらってやったんですぜ」

滝蔵は下谷ではちょいとした顔らしく、一声で二、三十人の命知らずを集められると豪語している火消しの頭《かしら》である。

一度、喧嘩で傷を負って平蔵のところにやってきたが、その刃物傷を治療してやって以来、妙に平蔵が気にいったらしい。

なにか揉め事があったら、ちょいと声をかけてくれればいつでも素っ飛んでくるといっているが、いまのところ滝蔵親分の手を借りたいような面倒な出来事もない。

「おい、親分。見たところぴんしゃんしているようだが、暇つぶしにでもきたのかね」

平蔵が苦笑すると、滝蔵は気負いこんで上り框に腰をおろし、髭面を突ん出した。

「いえね。ついさっき、小石川でおもしれぇ喧嘩を見やしてね」

「ちっ！　喧嘩におもしろいもなにもなかろう。だいたいが喧嘩は親分のおはこじゃないのか」

「冗談じゃありませんや。あっしは喧嘩の留め男の口ですぜ」

滝蔵、不服そうに口をとんがらした。

「ついさっき、小石川の源覚寺さんに顔出しした帰り道、浪人者が大店《おおだな》の隠居にいんねんつけて無礼打ちにしてくれるといきまいてやがるってんで、素っ飛んでいったんでさ」

「ほう、さすがは留め男だ。二本差しの浪人を相手に仲裁にはいったのか」

「え、いや、ま……そこまでは考えちゃいませんでしたがね」

「ふふふ、喧嘩と聞いただけで血のぼせるのが親分の悪い癖だ。刃物をもって逆上した者には下手に構わんほうがいいぞ」

「いえね。それがなんと、とびきり別嬪《べっぴん》のおなごがあっさり浪人者をとりおさえちまってチョンだったたんで……」

「なに……おなごが」

「それも浪人者は刀を抜いてやがったんですぜ。そいつを素手で苦もなくやっつけたんですからねぇ。たまげたのなんのって……」

「ほう、素手で、か」

「へえ、すたすたと歩み寄るなり手刀でハッシと浪人者の手首をたたいた途端、浪人者が刀をポロリと落としちまったんでさ」

「ま……」

篠が目を瞠った。

「それで、その後、娘さんはどうなすったんですか」

「なにね。浪人者がなにやらわめいて娘の胸ぐらをつかまえようとしたんですがね。あっさり投げ飛ばして、駆けつけてきた番所の役人に浪人者を引き渡すなり、さっさといっちまいましたよ」

「ははぁ、そいつはまちがいなく剣術か柔術の心得がある娘だな」

「へえ、おっしゃるとおりで……武家娘らしい品のいい身なりでしたがね。髷も結わず、髪はうしろで紐《ひも》でくっただけで、肩に柔術の稽古着を帯で結わえたのを担いだだけってぇ、なんとも野暮な格好でやしたね」

「あの界隈《かいわい》に柔術の道場があったか」

「へい。たしか菊坂町に一軒、柔術の道場がありやしたね」

「ああ、そういえば……」

甥の忠之が通っているのが菊坂町にある起倒流の柔術の道場だと、市助がいっていたことを思い出した。

「なんでも道場主は、ええっと、さ、さこだか、さ、さかだか山と谷をくっつけたような、へんちくりんな名前の看板でしたね」

「ああ、それは峪田弥平治《さこたやへいじ》どののことだろう。峪田どのは柔術では江戸でも名の知られたおひとだ」

山偏《やまへん》に谷と書いて峪という苗字《みょうじ》はそうざらにはないから、滝蔵が読めないのも無理はなかろう。

「おまえさま、忠之さまが通われているという道場は、その……」

茶を淹れている篠がかえりみた。

「うむ……」

柔術の道場は江戸でも、そう多くはない。

おそらく忠之が通っているのも峪田道場にちがいないだろう。

それにしても、抜き身の白刃《はくじん》を手にした浪人者を苦もなく手取りにしたという柔術の武家娘と、甥の忠之が同門とは奇縁だなと平蔵は思わず苦笑した。

そもそも、真剣を手にした侍に無腰のままで立ち向かうというのは並大抵の者にできることではない。

さしずめ、その武家娘はおなごでも相当な柔術の腕前なのだろう。

そんな鬼娘《おにむすめ》と同門になり、柔術の稽古に三年も通いつづけているという根性はなかなかのものじゃないかと、すこしは忠之を見直した気になった。

第三章　夫《め》婦《おと》雛《びな》

一

　翌日の昼過ぎ八つ半（三時）ごろ、篠が団子坂下に買い物に出かけたあとしばらくしてから、平蔵は愛刀のソボロ助広《すけひろ》と小ぶりな瓢簞《ひょうたん》をひとつ腰につけただけの気楽な格好で、ぶらりと家を出た。

　腰の瓢簞には水のかわりに焼酎《しょうちゅう》をいれることにしている。

　焼酎は外傷の消毒にもってこいだから医者の常備薬として重宝すると、伝通院前の小川笙船に教えられたのだ。

　笙船はこのところ貧しいひとのために無料の施薬院《せやくいん》を公儀で設けるべきだという嘆願書の草案を認《したた》めるのに没頭している。

　むろんのこと平蔵も一臂《いっぴ》の助力は惜しまないつもりだが、公儀の懐《ふところ》具合も苦しいそうだから、どうなることやらわからない。

幕府も吉宗に代替わりしてからは金食い虫だった大奥を大幅に整理縮小したり、質素倹約令を布告したりして財政立て直しに躍起のようだ。

しかし、役人がひそかに商人と結託して袖《そで》の下をとりこむのが長いあいだの風習になっているため、なかなか思うように改革はすすまないらしい。

天下泰平になればものをいうのは財力だから、わがもの顔にふるまい、役人と組んで甘い汁を吸うのは商人と相場はきまっている。

おまけに幕府の緊縮政策の一環で、花街の取り締まりが厳しくなったため、もぐりの売春宿がふえてきている。

しかも、このところの不作つづきで、年貢が納められなくなった百姓は娘を女衒《ぜげん》に売り渡すか、故郷を捨てて身ひとつで他国に逃散《ちょうさん》するしかない。

他国といっても、他藩では逃散百姓を厳しく取り締まるから行き場に困り、役人の目をかいくぐって江戸にもぐりこむことになる。

緊縮政策も度が過ぎると世の中不景気になるばかりだ。

このところ、あちこちで百姓一揆《いっき》がふえているのも無理からぬことだ。

おまけに江戸には大名の取りつぶしで禄《ろく》を失った浪人がやたらと流れこんだせ

いで強盗や辻斬《つじぎ》りが横行しているらしい。

――なんとも、いやな世の中になってきたものだ……。

家の近くにある神明社《しんめいしゃ》の鳥居《とりい》の脇に山茶花《さざんか》の生け垣があるが、山茶花は秋から冬の花で、いまが見頃らしく白い花が咲き誇っていた。

山茶花は椿《つばき》の仲間だそうだが、椿は花弁ごとぽろりと首が落ちるように散るので武家は縁起が悪いといって庭木には使わない。

山茶花のほうは風が吹くたびに花びらが一枚ずつちらほらと散り落ちる。

桜は華やかに咲き誇り、散るときも花吹雪《はなふぶき》のように舞うが、山茶花は清楚《せいそ》で花弁が散り落ちるさまもひっそりとしている。

そこが平蔵の気にいっている。

侍は散りぎわが潔《いさぎよ》いといって桜を好むが、平蔵はひっそりと散っていく山茶花のほうが好きだった。

ひとも死ぬときはひっそりと死んでいきたいものだと思う。

しばらく佇《たたず》んで山茶花の白い花を眺めてから、追分元町《おいわけもとまち》の街道に出て、菊坂町に向かった。

このあたりは大名屋敷や旗本屋敷がひしめいていて、菊坂町は武家屋敷に挟まれて左右に細長くつらなっている。

平蔵もたまに通るが、ここに柔術の道場があることは知らなかった。

菊坂町の酒屋で角樽《つのだる》を買って、峪田弥平治の道場はどのあたりなのか尋《たず》ねてみた。

「ああ、あの貧乏道場ねぇ……」

酒屋の親爺は煙管《キセル》を手にしたまま、じろりと平蔵の身なりを品定めして、道場への道筋を教えると、声をひそめた。

「もしかして、旦那《だんな》も弟子入りなさるおつもりなんで」

「いや、そういうわけじゃないが」

「だったら、よござんすがね。あすこは束脩《そくしゅう》は安いわりには稽古がえらくきついそうで、入門してもふた月ともたずにやめちまうものが多いんだそうでがすよ」

「ほう。その道場の先生はそんなにおっかないおひとなのかね」

「いえね。せんせいは穏やかなおひとで、いつもにこにこしてなさるんですがね。なにせ、稽古をつける門弟筆頭のおっかない鬼娘《おにむすめ》がいやすからねぇ。きついのなんのって……」

「鬼娘……」

――ははぁ、滝蔵が見たという女武道がそれだな……。

「ふうむ。さては女相撲《おんなずもう》みたいなごついおなごで、嫁の口もかからないような不器量な娘なんだろうな」

「と～んでもない。そりゃもう、色白のとびきり上玉の別嬪《べっぴん》でやすよ」

店が暇なせいと、下りものの灘《なだ》の銘酒《めいしゅ》の角樽を買ってやったせいか、親爺は煙管の莨《タバコ》をぷかりとくゆらせながらぺらぺらぺらとしゃべりだした。

「それでいて、そりゃもう強いのなんのって、きりっと柔術の稽古着をつけて大の男をぽんぽんと投げ飛ばすわ、押さえ込んでしめあげるわ……」

親爺はにんまりと目をすくいあげた。

「まだ二十歳《はたち》そこそこの嫁入り前だそうですがね。あんなじゃじゃ馬娘じゃ嫁の貰《もら》い手もねぇでしょうよ。けど、あっしなんぞ、一度くれぇあんな別嬪に押さえ込まれてみてぇもんですがね」

へへへといかにも助平ったらしい笑みを浮かべた。

「や、造作をかけた」

苦笑して平蔵は角樽をぶらさげ、親爺が教えてくれたとおり、左側の御中間《おちゅうげん》長屋の横の道を抜けて突き当たると右に曲がった。

曲がったすぐの斜め前に古めかしい木造の平屋があって、板壁に頑丈な木組みの桟《さん》をはめこんだ一間《いっけん》幅の窓がふたつある。

その前に物見高い町人たちが背伸びしたり首をのばしたりしながら道場の稽古をのぞいていた。

二

峪田道場の窓は開け放しになっていて、なかから気合のはいったヤ声《ごえ》と、ずしんずしんという物音が聞こえてくる。

そのたびに見物の野次馬から溜息まじりの嘆声や冷やかしの声がもれる。

「あ〜あ、また、やられちまったよ」

「それにしても男の弟子もだらしがねぇな。あんな腰つきじゃ女房もらっても愛想つかされちまうぜ」

どうやら鋭いヤ声はおなごが発する声のようだった。

平蔵は興をそそられ、野次馬の背後から道場のなかをのぞいてみた。

刀を腰にした平蔵を見て、野次馬は場所をあけてくれた。

「旦那も柔術をやりなさるんで……」

腹巻きに印半纏《しるしばんてん》をひっかけた大工らしい男が聞いた。

「いや、おれはやっとうの口だが、あの娘御の柔術はたいしたものだそうだな」

笑いながら顎《あご》をしゃくってみせた。

「へい。なんでも旗本の娘さんで織絵《おりえ》さまとかおっしゃるそうですがね。そりゃ、もう強《つえ》ぇのなんの、ここの門弟じゃ歯がたつのはひとりもいませんや」

男は、わが娘のことのように小鼻をうごめかして自慢した。

いましも道場では稽古のさなからしく、刺し子の稽古着に身をつつんだ門弟が二人、縁《へり》のついていない古畳を敷きつめた稽古場で組み手争いをしているところだった。

一人は六尺（約百八十センチ）近い屈強な体格の男だったが、もう一人は五尺そこそこの娘である。どうやら、これが噂《うわさ》の織絵という名前の女武道らしい。

なるほど酒屋の親爺がいうとおり、目鼻立ちが涼しくきりっとした、なかなかの美貌である。

稽古のせいだろう。首筋から胸元にかけてほんのり薄汗がにじんでいるあたり、娘らしい清々《すがすが》しい色気が匂いたつようだった。

ほかにも二人、稽古着をつけた娘が弟子のなかにまじっている。

おそらくは門弟たちのなかには女の門弟と稽古をするのが楽しみで通っている若者がいるんだろうな……。

ふと、そんな不届きな憶測をして平蔵は思わず苦笑した。

右手に師範席らしい一段高い見所《けんぞ》があったが、師範の峪田弥平治の姿はなかった。

その反対側に七、八人の稽古着をつけた門弟が正座しており、端に忠之がいた。

両手で膝小僧をにぎりしめ、稽古を食い入るように見入っている。

——ほう、なかなか、いい顔つきをしているじゃないか……。

こんな忠之の表情はこれまで一度も見たことがない。

弱虫の忠之もすこしは男臭くなってきたらしいと頼もしくなった。

その瞬間、うおおっ！　気合のはいったヤ声とともに男のほうが織絵の襟首《えりくび》をつかんで腰をいれざま、吊り上げ気味に背負い投げをかけようとした。

その瞬間、するりと体をいれ替えた織絵が男の手首をつかんで身を沈めると、片足で男の腰を蹴り上げて巴投《ともえな》げをうった。

男の躰がふわりと宙に浮いて、背中からどさっと畳にたたきつけられた。

「おっ……」

「ど、どうなっちまったんでぇ……」

この間、野次馬たちには目にもとまらなかったにちがいない。

――なるほど、これはまさしく鬼娘だな。

平蔵は柔術には門外漢だが、娘の技には非凡なものがあることぐらいはわかる。

織絵の鮮やかな巴投げの切れ味に平蔵も思わず見惚《みと》れた。

乱れた襟をなおすと、織絵は手早く帯を締め直しながら居並んでいる門弟たちに目をやり、忠之を指名した。

「つぎは、神谷どの」

「は……」

忠之は勢いよく立ちあがると、一礼してから織絵に歩み寄った。

柔術の稽古は組み手争いからはじまる。

忠之は左手をのばして織絵の稽古着の襟をつかむと、ぐいぐいと織絵を押しこみつつ足払いをかけた。それを外されるとすぐさま腰を入れて投げ技に移ろうとしたが、織絵に巧みにかわされる。

――ほう。あやつめ、やる気まんまんじゃないか……。

すこし忠之を見直しかけたときである。

織絵の躰がツと沈んだかと思う間もなく右足を忠之の両足のあいだにいれるや、間髪《かんはつ》をいれず撥ねあげた。

忠之の躰がくるりと反転し、仰向けになって稽古畳にたたきつけられた。忠之は素早く畳をたたいて跳ね起きると、すぐさま織絵の足元に飛びこみ、足首をすくいとって寝技にもちこんだ。

――ほう……。

なかなか機敏な動きだなとふたたび忠之を見直しかけたが、さすがに代稽古を務めるだけあって、織絵は仰向けになった途端に忠之の稽古着の襟を両手でつかんで交差させて、容赦なく締めあげた。

同時に織絵の両足は忠之の胴に巻きついて足首を交差させ、ぐいぐいと締めつけて動きを厳しく封じている。

忠之は織絵の手首をつかみ、もぎとろうとするが、織絵は肘《ひじ》を巧みに使って忠之の手を制している。

二人の躰は二転三転したが、織絵の体勢は小ゆるぎもしない。

――ふうむ……。

市助が夫婦のとっくみあいみたいだといったのは、どうやらこの寝技のことらしい。

ともあれ、忠之に押さえ込まれているように見える織絵の顔には余裕があった。

――なるほど、鬼娘といわれるだけのことはあるな……。

それにしても子供のころは武家の息子らしくもない泣き虫だった、あの忠之にしてはみちがえるほどの稽古ぶりだと感心した。

そのとき、背後から穏やかな声で呼びかけられた。

「失礼ながら神谷平蔵どのではござらんか」

「は？」

ふりむくと背後に鬢《びん》に白いものがまざりかけた中老の侍が柔和な笑みをうかべて佇んでいた。

粗末な木綿の着衣に裁着袴《たつつけばかま》、袖無しのちゃんちゃんこを羽織った気さくな身なりで腰に両刀を帯びている。

一見すると、微禄の御家人の隠居かと思えるが、背筋はぴんとしていて身ごなしにも犯しがたい品格があった。

「どうやら甥御《おいご》の稽古ぶりをひそかにご覧に来られたようですな」

平蔵、思わず目を瞠《みは》った。

「もしやして、峪田先生では……」

「いかにも、それがしは峪田弥平治でござるが、神谷どのから先生と呼ばれるほどのものではござらん」

峪田弥平治は目尻に微笑をただよわせた。

「神谷どのが先生と呼ばれるのは佐治《さじ》一竿斎《いっかんさい》どの、ただおひとりのはず……」

「は……」

どうやら峪田弥平治は平蔵の恩師、佐治一竿斎のことも知っているようだった。

「いえいえ、峪田先生のご高名はかねてより存じておりますゆえ」

「なんの、門弟でもない神谷どのからせんせいなどと呼ばれては応対しようもござらん。たがいに五分と五分の相対ずくで願いたいものじゃ」

「は……」

「ま、ま……堅苦しい挨拶《あいさつ》はそのあたりにして、せっかくゆえ、陋屋《ろうおく》ですが、ちと拙宅にお立ち寄りくださらぬか。なに、すぐそこでござる」

気さくにうながすと、峪田弥平治は飄々《ひょうひょう》と背を向けた。

小柄で痩身だが、武術で鍛えぬいた筋骨の逞《たくま》しさは一瞥《いちべつ》しただけでわかる。

いずれ挨拶せずばなるまいと思い、手土産《てみやげ》がわりに角樽を買ってきたが、まさか当の峪田弥平治のほうから声をかけられるとは思いもよらなかった。

三

峪田弥平治の住まいは道場の横の狭い路地をはいった裏側にある、たった二間しかない質素な平屋だった。

左側は寺の土塀で右側には長屋がひしめきあっている。

玄関から三和土《たたき》の土間をぬけた裏に物干し場がわりらしい、ちいさな裏庭がついているのが見通せた。

峪田のものらしい褌《ふんどし》が二本と肌着や足袋《たび》が干してあるのが見えた。

入ったとっつきは三畳の小部屋で、台所の流しの前に囲炉裏《いろり》を切った板の間があり、食器をいれた蠅帳《はいちょう》が置かれている。

天井の梁《はり》から鎖《くさり》で吊った自在鉤《じざいかぎ》に鉄鍋がかけられていたが、炉に火の気はなかった。

「さしておかまいはできませんが、さ、さ、どうぞ……」

と峪田は奥の八畳間に平蔵をうながした。

どこまでも気さくな人柄であった。

部屋の隅に小簞笥《こだんす》がひとつ、それに長火鉢《ながひばち》が置いてあるが、そこにも火の気はない。

床の間には刀架けがあって、峪田は腰の差し料を架けると、板の間の蠅帳から湯飲みをひとつと、ざく切りにした沢庵《たくあん》の丼を持ってきた。

長火鉢の猫板に貧乏徳利と湯飲みが鎮座していた。

峪田は湯飲みを猫板のうえに置くと貧乏徳利の酒をついで平蔵にすすめた。

「客人に空茶《からちゃ》というのも無粋《ぶすい》ゆえ、ま、一献《いっこん》いかがでござる」

「や、これは、造作をおかけいたしてもうしわけございませぬ」

平蔵は湯飲みの酒に口をつけてから持参した角樽をさしだした。

「すぐそこの酒屋でもとめてきたものです。道場をのぞくのが先になりましたが、のちほどご挨拶もうしあげようと思って手土産がわりに持参いたしました」

「おう、これは灘の下り酒ですな」

峪田弥平治はよほどの酒好きらしく目尻をほころばせて受け取った。

「なにせ不精者ゆえ、飯は近くの蕎麦屋《そばや》か一膳飯屋ですませておりましてな。ろくなつまみもござらんが」

「なんの、沢庵はそれがしも好物にござる」

平蔵、沢庵を一切れつまんで口にほうりこんだ。

酒にはすこし早いが、峪田弥平治の人柄にはどこか惹《ひ》かれるものがあった。

「失礼ながら、おひとり住まいですか」

「さよう。家内が病没したのは、それがしが三十二のときでござったが、以来、茫々《ぼうぼう》二十年余……なんの、時過ぎればなにほどのこともござらぬわ」

峪田弥平治はこともなげに口辺に笑みを刻んだ。

「なれど、男のひとり暮らしはなにかと、ご不自由ではありませぬか」

「ふふふ、ま、不自由といえば、不自由……」

峪田弥平治は小首をかしげると、ぼそりとつぶやいた。

「なれど、時過ぎればひとり暮らしは気楽で気随気儘《きずいきまま》、妻などという面倒で厄介な代物《しろもの》はもつ気にはなれませんでな」

「なるほど、おなごというのは面倒で、厄介な代物ですか……」

「いやいや、おなごはおなご、妻とはべつの生き物でござるよ」

峪田弥平治は片目をつむってみせた。

「なるほど……」

平蔵にも峪田のいわんとしていることはわからなくもなかった。

「ふふふ、とはもうせ、べつに女嫌いというわけではありませんぞ。なにせ、道場で汗臭い門弟どもを相手にしておりますとうんざりいたしますからな。十日に一度くらいは根津権現《ねづごんげん》の門前町や浅草、深川あたりの色街に出向いて息抜きをしております」

つるりと顎を撫《な》でて、目尻を笑わせた。

「ほう、根津権現ならそれがしの住まいの近間でござる。是非、一度、お誘いいただきたいものですな」

「おお、そういえば、つい十日ほど前、権現前の馴染《なじ》みのおなごからお噂を耳にいたしましたぞ」

峪田弥平治はポンと膝をたたいた。

「たしか、この夏、権現社の境内《けいだい》でおなごが手込めにされようとしていたところを神谷どのが成敗なされたと、馴染みの茶屋の女将《おかみ》から耳にいたしました」

「ははぁ、どうやら、その噂の出所は［桔梗《ききょう》や］の女将でござるな」

平蔵は苦笑した。

「さよう。あの店の女将はそれがしの古なじみでしてな。姪《めい》のお糸《いと》が危ういところを神谷どのに助けられたともうして、いやもう、大変な惚《ほ》れ込みようでございましたぞ」

　峪田は微笑しながら目をすくいあげた。

「あれはちくと年増《としま》じゃが、なかなか色気のあるおなごで、ふふふ、もし神谷どのにご妻女《さいじょ》がおられなんだらと、いかい悔しがっておりました」

「いやはや、これはどうも……」

「いや、なになに、男もおなごにもてるうちが華《はな》でござる」

［桔梗や］の女将のお絹《きぬ》は根津権現の境内で姪のお糸の危機を救ってくれたというので五両もの礼金をもってきたが、瓜実顔《うりざねがお》のなかなかの色年増だった。

「そうですか、あの［桔梗や］の女将が峪田どのの馴染みだったとは……」

「なに、あそこの女将は持ち合わせがなくても機嫌よくツケにしてくれるし、こっちの懐具合を承知しているらしく勘定も安くしてくれる」

　峪田はざっくばらんな口調で、ふふふと笑ってみせた。

「気さくに息抜きができるので重宝な店でござるよ」

「それはけっこうですな。わたしの酒の相手といえば妻か、飲んべえの男ばかりで一向に変わり映えがしませんせん。近いうち顔をだしてみます」

「そうそう、やはり酒の相手は見目よいおなごにかぎる」

貧乏徳利から湯飲みに酒をつぎながら峪田は深ぶかとうなずいた。

「なんといっても、この世の中、おなごなしでは殺伐《さつばつ》としていて、おもしろくもおかしくもござらんからの」

「さよう、男ばかりの世の中など思うただけでも身の毛がよだちます」

平蔵、目尻を笑わせてうなずいた。

「なにせ、男ばかりとなると、なにかにつけて口論が昂《こう》じ、喧嘩《けんか》っぱやくなる、どうにもとげとげしくていけません」

「ふふふ、とはいえ、おなごだけでは、これまたいがみあい、そしりおうて手のつけようもなくなるは必定……世の中、うまくできておるものでござるよ」

峪田弥平治はにんまりした。

「刀もおさめるべき鞘《さや》があってこそで、抜き身ばかりではどうにも始末に悪い」

「なるほど、男は抜き身、おなごは鞘ということですか」

「さよう、さよう、天地開闢《てんちかいびゃく》以来、男はおなごに種をつけ、ついた子種はおなごの腹で十月十日を過ごし、おなごの股座《またぐら》から産声《うぶごえ》をあげて生まれたあとは、おなこの乳を吸うて育つ。かたや、男といえば種をつけっぱなしで、あとは知らぬ顔の半兵衛ですからな」

「なるほど……」

いわれてみれば平蔵も、あとあとのことなど考えたこともなく、やたらと種をつけっぱなしの口である。

「これは耳が痛い」

「もっとも、なかには子種は密《みそ》か男のものということも知らぬ亭主も結構おりますからな。あながち男ばかりが無責任とはいえませぬが」

「ははぁ、知るは女房ばかりなりですか」

「そうそう、旅の留守、すき間数えの男来る……ふふふ」

峪田は品のある顔には似合わぬ破礼句《ばれく》を口にして、片目をつむってみせた。

「ま、男も外で遊んでくる者もおるゆえ、痛み分けというところですか」

なんともざっくばらんな峪田弥平治の話しぶりに、平蔵は初対面とは思えない親近感を覚えた。

「なにせ、およそ男などという代物はおりあらば人の足をすくってでも立身出世しようとするか、銭をむさぼることにのみ血道をあげる……ま、俗にいう踊る阿呆《あほう》を絵に描いたようなものですな」

峪田は自虐《じぎゃく》めいた口ぶりで吐き捨てた。

「なるほど、男は踊る阿呆ですか……」

「ふふふ、ことにいまのような天下泰平の世となれば、侍などは身をもてあまして右往左往するだけでござる」

「それがしも、まさしくその口です。なにかというと血気にはやって暴走する。いやはや、われながら呆《あき》れるばかりで……」

「なんの、神谷どのは医師として人助けをなされておられる。血気にはやってともうされるが、それも人助けのため……あながち暴走とはいえませぬよ」

峪田弥平治は和《なご》やかな眼差しでうなずいてみせた。

「手前の門弟などは男が大半で、おまけに未熟者ばかりですゆえ、なにがなんでも力まかせに相手をねじ伏せようとする者が多くて困ったものでござる」

「ははぁ……」

どうやら忠之もその口だ、と平蔵は腹のなかで苦笑いした。

「踊る阿呆の男のこころをなごませるものはおなごのほかにはござらぬゆえ、男はおなごに血迷う……」

峪田弥平治は茫洋《ぼうよう》とした眼差しになって、つぶやくようにいった。

「いやはや、むつかしいものでござるよ」

四

峪田は北陸新発田藩《しばたはん》五万石、溝口内膳正《みぞぐちないぜんのしょう》に仕え、禄高百五十石で作事方《さくじかた》の小頭《こがしら》を務めていたが、二十歳のとき同輩の十九の娘を嫁に迎えたという。

ふっくりした愛嬌《あいきょう》のある顔で、気立てのよいおなごだったらしい。

峪田の父親は早くに他界し、母も一年後に風邪がもとで寝込んだあげく、半年後に亡くなった。

妻女は病床の母の看病もまめまめしくしてくれたし、峪田との夫婦仲も睦《むつ》まじかったという。ところが、二年、三年とたつうち、何かと口うるさくなってきた。

「なにせ、非番のときに昼寝でもしていようものなら、そんなにお暇なら下男の薪割《まきわ》りや風呂の水汲《みずく》み、畑仕事を手伝うか、上役の屋敷にせっせと顔出しして、すこしでも禄高をふやすよう心がけたらどうかと、指図がましいことを言い出しましてな……」

峪田がたまりかねて腹を立てると、不貞寝《ふてね》したり、あげくは柔術の稽古などに励んだところで一石でも禄高がふえるわけじゃなし、いくら寝技が得意でも赤子の一人も生ませられず、一石の扶持《ふち》がふえるわけでもないと口走るようになった。

そのうち寝間も別にし、しばしば生家にもどったまま三日、五日と家を空けるようになった。

「迂闊《うかつ》なはなしですが、どうやら婚する前から上役と茶屋で密会していたようでしてな」

生家にもどるようになってから、ふたたびその男とよりをもどし、密会していたことを知った峪田は、ことを荒だてずに離縁することにした。

生家でも前から知っていて、急いで峪田に嫁《とつ》がせたらしい。

「ははぁ……」

「ま、おかげで離縁もすんなりとすみましたが、しばらくは妻などはこりごりだと思いましたよ」

「ふうむ。よう我慢なされましたな」

「なになに、ところが喉もと過ぎればなんとやらで、またぞろ性懲《しょうこ》りもなく、二年もたたぬうちに嫁をもらう気になりましてな」

縁談の相手は藩の番頭《ばんがしら》を務めている重臣の娘で、一度、嫁いだものの一年とたたぬうちに亭主が病死し、生家にもどっていた出戻りだった。

弥平治が起倒流の遣《つか》い手ということろが気にいっての縁談だったらしい。出戻りとはいえ、その娘は美貌で知られていたし、父が藩の実力者でもあったため、婚したときは果報者よと同輩からも羨《うらや》ましがられたらしい。

おかげで峪田弥平治も義父の威光で、禄高も作事方の小頭から一躍、大番組入りし、禄高も二百五十石に加増された。

大番組は出世の登竜門《とうりゅうもん》のひとつでもあり、かつ作事方とちがって勤めも、道場通いも気楽になる。

「ほう、それは、また……」

「むろん、女房の尻で出世したと陰口をたたかれましたが、ところが、それがとんだ落とし穴でござった」

峪田弥平治はぐいと湯飲みの酒を飲み干すと、自嘲《じちょう》するように吐き捨てた。

一年後に女の子が生まれたが、妻の乳の出が悪く、義父が差し向けてきた乳母《うば》の手で育てられたという。

義父が孫を可愛がるのは大変なもので、二日も顔を見せないと機嫌が悪くなるため、妻は乳母ともどもにせっせと実家に足を運んで、そのまま泊まってくることもしばしばあった。

そのころ、峪田弥平治は柔術の極意を伝授されようとしていた。

奥許しの稽古は深夜におよぶこともしばしばだったが、疲れきって帰宅し、仮眠をとっていると、妻女はそのようなことで城勤めをおろそかにするようでは義父に顔向けができぬと夜叉《やしゃ》のような顔になる。

あげくは出世したのも、加増されたのも、だれのおかげかと責めたあげく、その後は呉服屋や小間物屋を呼びつけては高価な着物や髪飾りを買っては外出し、やれ花見だ、茶会だと遊びまわるようになった。

目にあまった峪田が咎《とが》めだてしようものなら、支払いはすべて義父がすませてくれるのでとやかく言われる筋合いはないと冷笑したという。

ついには峪田も腹に据えかねて離縁しようと思ったが、妻は義父が目にいれても痛くないほど可愛がっていた娘だ。妻の持参金で峪田家が背負っていた多額の借金を返済することができた負い目もあって、離縁は藩を去る覚悟がなければできなかった。

ところが、子ができて二年後に妻が流行病《はやりやまい》で亡くなってしまった。

峪田は幼子をかかえて途方に暮れたが、さいわい義父が自分の子として屋敷に引き取ってくれることになった。

しかし、どこまでも妻の尻で加増されたという陰口がついてくるのがどうにも我慢できず、ついに武芸精進のためと称して禄を返上し、江戸に出てきたのだと峪田弥平治は語った。

五

「なに、妻が亡くなって身ひとつになったゆえ扶持を捨て、江戸に活路をもとめたのですが、思えば早くにそうすればよかったものを、それが、なかなかに……」

峪田弥平治はホロ苦い目になった。

峪田の悩みは平蔵にも、よくわかる。

妻に屈服するか二百五十石の食禄を捨てて浪人するかとなれば、悩むのも無理からぬことだろうと思った。

しかも、江戸とちがって北国の小藩では郷里を捨てるにも覚悟がいる。

「まだ娘は幼子だったたゆえ、もはや、それがしの顔も覚えてはおりますまいよ」

一瞬、寂寥《せきりょう》が峪田の温顔をよぎった。

「そもそも、おなごというのは見た目は優しげでも我意の強いものですよ」

「たしかに……」

平蔵は深ぶかとうなずいた。

やがて、峪田弥平治がぼそりとつぶやくようにいった。

「おなごが嫁入るときに頭に角隠しをさせるというのは、そのための先人の知恵というものですな」

「なるほど……」

角隠しというのは嫁入る娘への戒《いまし》めの風習である。

しかし、篠のときは再婚ということもあったし、仲間うちのささやかなものだったためか、婚礼衣装や角隠しもなく、形ばかりの高砂《たかさご》やでおわってしまった。

なに、角隠しをしたところで、おなごが変わるものではない。

――そのうち、篠にも角が生えてくるやも知れんな……。

ふと苦笑がこみあげてきた。

「ま、その、おなごの我意を飼い馴らすのが男の器量というものでござろうが、あいにく十四、五のころから柔術一筋だったそれがしにはちと荷が重かったようです」

峪田弥平治は嘆じるようにつぶやいた。

「およそ男などというのは、いくつになっても他愛もない餓鬼《がき》ですが、おなごというのは蛹《さなぎ》が蝶《ちょう》に変身するようなもので、年頃ともなると、さながら蜘蛛《くも》が枝に網をはって餌《えさ》がかかるのを待っておるように、盛りがついてたかってくる男どもをうまくあしらいながら品定めしておるようなものでござるよ」

「品定めですか……」

「さよう。ま、いうなれば男はおなごという蜘蛛の網にかかる虫のようなもの……ふふふ、そうは思われぬか」

「なるほど……」

いわれてみると、平蔵も思いあたるふしがないではない。

これまで平蔵がかかわった女たちは、それぞれに去っていってはしかるべき居場所を得ている。

一度は妻にしようと思っていた縫も、いまは磐根《いわね》藩世子《はんせいし》の育ての親として大事にされているし、文乃も女ながら生家の跡目を継いで婿取《むこと》りをするらしい。

波津も平蔵から離縁状をもらい、岳崗藩《たけおかはん》の郷士の跡目を継ぎ、藩の上士の息子を婿にもらって落ち着いている。

毎夜のように平蔵の長屋に忍んできていた井筒屋《いづつや》の後家のお品《しな》も、いまは婿養子を迎えて涼しい顔で内儀におさまっている。

――なるほど、おなごというのは、なかなかしたたかなものだな。

どうやら平蔵は、縫や文乃、お品や波津にとっては、ひとときの休み処《どころ》のようなものだったような気がしないでもない。

女忍《にょにん》のおもんにしてからが、命がけの忍びづとめの合間に平蔵と交わることで安らぎを得ているのだろう。

いっぽう、平蔵のほうはといえば、篠を妻に娶《めと》ったとはいえ、あくせくと町医者をしながら、いまだに平穏無事とはいかない前途多難な暮らしである。

そう思うと、いささか憮然《ぶぜん》とせざるをえなかった。

――結句《けっく》、男というのは、おなごにいいようにあしらわれているだけなのかも知れぬな。

蜜蜂《みつばち》も一匹の女王蜂のために何匹もの雄《おす》が必死で戦い、交尾をしたのち短い一生をおえる。

馬も仔を生む雌《めす》は大事に飼われるが、雄は種つけがおわると野良でこき使われるか、尻をたたかれ荷車を曳《ひ》くだけだ。

男も蜜蜂や、馬や牛の雄となんら変わりはないらしい。

――年老いて躰も思うように動かすことができんようになったら……。

そう思うと、暗然とせざるをえない。

「実をもうせば、忠之どのから神谷どのが屋敷を出られてからのご苦労をいろいろお聞きしましてな」

峪田はホロ苦い目を嗤《わら》わせた。

「是非、一度、お目にかかりたいと思うていたところゆえ、初対面にもかかわらず、つい繰り言が出てしもうて、いや、お恥ずかしいかぎり……」

「いやいや、それがしなど手前勝手な我意を押し通しただけのことで、あくせくするのも自業自得でござる」

平蔵、急いで手をふった。

「忠之にとっては、手前などは神谷の家の面汚《つらよご》しと思うておりましょう」

「なんの、とんでもござらん」

峪田は真顔になって、打ち消した。

「こんなことをもうしてはなんですが、忠之どのは父御《ちちご》よりも、むしろ叔父の神谷どのを畏敬《いけい》して稽古に励んでおるようですぞ」

「は……」

これには平蔵、呆気《あっけ》にとられた。

「まさか、そのような……」

「いやいや、なにせ入門するとき、剣ではとても叔父上には敵《かな》わぬゆえ、柔術で腕をあげて少しでも叔父上に近づきたいともうしておりましたからな」

「忠之が……そのようなことを」

「さよう」

峪田弥平治は目をすくいあげた。

「合点《がてん》がいきませんかな」

「い、いや、手前にはそのようなそぶりは毛筋ほども見せませぬゆえ……」

「ははは、それが若者の衒《てら》い、突っ張りというものでしょう。ことに身内には素直になりにくいものですよ」

峪田は深ぶかとうなずいて、目に笑みをにじませた。

「俗にも嫌い嫌いは好きのうちともうしますからな。若いうちは関心が強いほど逆に無関心を装うものでござる」

ない。

「ふうむ……」

もうひとつ釈然とはしなかったが、いわれてみると思いあたるふしがないでもない。

ことに忠之は生真面目《きまじめ》だから子供のころから几帳面《きちようめん》で、親に逆らうようなところは微塵《みじん》もなかった。

ゆえにこそ意に染まぬ縁談を押しつけられて、窮鼠猫《きゆうそねこ》を嚙むような反抗をしめすようになったのかも知れない。

そういえば道場で稽古をしている忠之は若者らしく、見違えるほど生き生きしているように見えた。

「ところで、さきほどの甥御の稽古をご覧になって、なんと見られました」

峪田の問いに平蔵は「さて……」と首をかしげた。

「なんともうしてよいやら……」

「ふふふ、実のところ、忠之どのが入門したいというてきたときは、とても長続きはしまいし、下手《へた》をすれば躰を傷めるやも知れぬと思うて一度は断りもうした」

平蔵、さもありなんとうなずいた。

ところが忠之はあきらめず、連日のように訪れて入門を懇願したという。

「わたしは柔術は門外漢ですが、あれで少しは上達しておるのでしょうか」

「うむ……」

しばらくして、峪田はゆっくりとうなずいてみせた。

「血は争えぬものでしてな。さすがは神谷どのの甥御だけのことはござる」

「ほう……」

「ま、あと三、四年もたてば切り紙に手が届くところまでにはなりましょうな」

「ほう……」

「忠之どのの稽古相手をしていた織絵という娘は忠之どののよりひとつ年下ですが、天性のものがござってな。見られたとおり、たちまち腕をあげ、いまでは代稽古をまかせられるほどになりもうした」

「………」

「神谷どの。剣術も柔術も根っこに変わりはござらん。さいごのところは稽古だけではどうにもならんものゆえ、師匠のそれがしにもなんともうせませぬが……」

「なるほど……」

峪田弥平治のはなしによると、あの織絵という娘の父親は佐治一竿斎から切り紙をもらった剣士で、しかも、兄は冨田《とだ》流の免許取りだという。

佐治道場の切り紙は厳しく、他の道場の免許に匹敵《ひってき》するといわれているから、その父や兄の血筋をひいている織絵には女ながらも武芸の天性があるのだろう。

「とはもうせ、何事もよく努めるものにはそれなりに身につくものでしてな。いまのところは織絵に一日《いちじつ》の長がありますが、なんというても織絵はおなごゆえ、伸びしろにもかぎりがござる」

「…………」

「かたや忠之どのは男ゆえ骨組みがしっかりしておるうえ、稽古熱心ですから、このまま励めば織絵と五分にわたりあえるぐらいにはなりましょう」

「ほう……それは」

なにはともあれ、忠之が柔術に懸命になっているらしいことはわかった。

嫂《あによめ》の幾乃にこのことをはなしてやれば、さぞかし喜ぶことだろう。

六

晩秋は日が暮れるのも早い。

そろそろ空は茜色《あかねいろ》に染まりつつある。

毎日、かかさず柔術の稽古に道場に通っているという忠之のようすをのぞいてみるだけのつもりだったが、師範の峪田弥平治のほうから声をかけられ、酒を酌《く》み交わすことになろうとは思いもよらなかった。

「そういえば一竿斎どのは五十なかばまで独り身を過ごされておられたにもかかわらず、ごく若い妻女を娶られたそうでしたな」

峪田弥平治はたがいの湯飲みに酒をつぎながらほほえんだ。

「さよう。門弟たちもおどろきましたが、なんの案じるほどのこともなく、いまだに仲睦まじく過ごしておられます」

「ほう。さすがは江戸五剣士に数えられたほどの達人、おなごを飼い慣らすすべも心得ておられるとみえる」

感に堪えたようにうなずいた。

「わたしも佐治先生には一度お目にかかりたいものです」

「おお、それはなにより、先生もお喜びになられるでしょう。早速、手前から先生にお伝えしておきますよ」

「ふふふ、されど妻をもてあましていたような無粋者ゆえ、お叱《しか》りを受けるやも知れませんが……」

「なんの、先生はふところの広いおひとゆえ、そのような斟酌《しんしゃく》はご無用です」

「ならばよいが……」

峪田弥平治はふと目をそらし、遠くを見るような眼差しになった。

見た目は無骨で謹厳に見える峪田弥平治の口から、まさか、こんな述懐を聞くとは思わなかったが、なにやら、わからなくもない気がする。

親友の矢部伝八郎も育代を娶る前はでれでれと惚気《のろけ》ていたものの、近頃ではいささか尻に敷かれ気味で会うたびにぼやいている。

篠も御家人の娘だったが、小間物の行商人に嫁いで二年ほど町の長屋暮らしをしていたから、近頃は平蔵をほどよくあしらうようなところがある。

町人の患者の応対にはそれが気さくに映るのか評判はいいし、家事もきびきびとこなすが、うかうかすると亭主を尻に敷きかねないふしがないでもない。

油断はできんぞと、あらためて思った。

そのとき、表の引き戸をあけて若い娘がはいってきた。さっき、忠之に稽古をつけていた織絵だった。

しかもそのかたわらには、思いもかけないところで平蔵に出会い、困惑した顔つきの忠之が棒立ちになっていた。

「おお、織絵か……忠之もいっしょとはちょうどよかった」

峪田弥平治は顔をほころばせると、平蔵に目をやった。

「こちらは忠之の叔父御で、神谷平蔵どのともうされる御方じゃ」

「ま……」

織絵は土間に佇んだまま、つぶらな双眸をおおきく瞠ると、折り目ただしく深ぶかと頭をさげた。

「ご高名はかねてよりうかがっております。大橋《おおはし》織絵にございます」

「これは恐れ入る。どうやら、おもしろおかしく書き立てた瓦版《かわらばん》でも見られたのでござろう」

「いいえ、忠之さまからも、叔父さまのお人柄をうかがって、是非、一度お目にかかりたいと存じておりました」

「ははぁ……」

平蔵は忠之に目をやりながら、苦笑した。

「さしずめわしは神谷の家の恥さらしと糞味噌《くそみそ》にこきおろしておったのでしょう」

「まさか、そのような……」

織絵はおどろいたようにおおきく双眸を見ひらいて、忠之をかえりみた。

「だって、忠之さまは子供のころから叔父上のようなおひとになりたいと思うておられたそうですもの」

「ほう……」

思いもよらぬことを聞かされ、平蔵はまじまじと忠之を見つめた。

「おい、忠之……昨日、おれにさんざん毒づいたばかりだろう。えらくいうことがちがうじゃないか」

「は、いや……それは」

忠之がしどろもどろになって口ごもった。

「はっはっはっ、どうやら忠之が神谷どのに盾《たて》ついたようですな」

峪田弥平治が呵々《かか》と大笑した。

「いかにも。なにせ、こやつに面と向かって糞味噌にけなされたばかりでしてな。なんとも、面食らっております」

「ほう、糞味噌ですか。日頃は温厚な忠之にそれだけの気概があるとはたいしたものではござらんか」

「さよう……ま、それがしには不向きなお節介役を引き受けたことはたしかです」

平蔵、にやりとして、

「おい、忠之。さっき道場の窓から稽古のようすを見せてもらったぞ。おまえもなかなかやるじゃないか」

「は、い、いえ……」

「いまじゃ、おれも素手で取っ組み合ったら、まず、おまえに投げ飛ばされるだろうな」

「まさか……まだまだ叔父上にはとても敵いませぬ」

「よういうわ。口と腹は別物だと顔にそう書いてある」

「え……」

「いいな、兄者《あにじゃ》や嫂上《あねうえ》のほうはおれにまかせておけ。おまえは峪田先生のもとで思い切り柔術の稽古に励め」

「は、はい」

「なに、ご老中がどうのこうのなどというたところで、神谷の家は小ゆるぎもせぬよ」

「叔父上……」

忠之の顔がみるみるうちに喜色に染まった。それを見て、織絵が気遣わしげに眉をひそめた。

「なにか、忠之さまに心配事でもおありなのですか」

「い、いや……」

平蔵はにやりとして、織絵を見やった。

「なぁに、些細《ささい》なことでござるよ。わしとちがって忠之はいたって生真面目な気性ゆえ、余計な斟酌をしすぎるだけでたいしたことではござらん。お気遣いはご無用になされ」

「はっはっはっ、神谷どの、若い者は仲間うちではポロリと本音をもらすが、目上の者には面と向かっては本音を隠し、肩肘はって突っ張るものですぞ。おそらく神谷どのも覚えがござろう」

「いかにも……」

たしかに平蔵も亡父や兄には何かにつけて逆らってばかりいたものだ。

悪さをして叱られると憎まれ口をたたき、仕置きのために何日も土蔵に閉じこめられても詫《わ》びようとはせず、春画を探しだして見入ったり、飯を運んできた年増の女中にちょっかいをだしたこともある。

十九で兄に嫁いできた幾乃を向後は母と思っていうことを聞くようにといわれたときなど、まだ細身だった幾乃を見て、これならちょろまかすのは楽なもんだと内心では舐めてかかっていた。

医師をしていた叔父の養子にだされたときも、医師の跡を継ぐつもりはさらさらなく、これで窮屈な武家屋敷から出られるし、気楽な町暮らしができるということぐらいしか頭になかった気がする。

おのれのことを思えば、忠之の反骨はさしたることではない。

――おれなら意に染まぬ縁談をおしつけられたら尻をまくって家出していただろうな……。

「おお、そうじゃ」

峪田弥平治がポンと膝をたたいた。

「神谷どの。近くに行きつけの小料理屋がござる。忠之や織絵もまじえて、いま、すこしつきおうてくださらんか」

「それは結構ですな。これまで忠之と酒を酌み交わしたことなどついぞなかったが、今夜はつきあうだろうな」

「はい。ご相伴《しょうばん》させていただきます」

「ふふ、ご相伴ときたか……」

相も変わらぬ生真面目な忠之の返事ではある。

七

峪田弥平治が行きつけの小料理屋は、道場とは目と鼻の先の大善寺《だいぜんじ》の門前にあった。

藁葺《わらぶ》き屋根の百姓家のような造りで、軒行灯《のきあんどん》に［炉端《ろばた》］とあるように土間に面した広い板の間に囲炉裏が切ってあって、客はそれを囲んで飲み食いする店だった。

奥には座敷もあるとのことだが、峪田は迷わず腰の物を壁際の刀架けに置くと、炉端にどっかとあぐらをかいた。

峪田を挟んで、隣に平蔵が、反対側に忠之と織絵が並んで座をとった。

赤々とした炭火が熾《おこ》されている囲炉裏には太い梁から自在鉤が吊るされている。

藍染《あいぞ》めのお仕着せに赤い前垂れをした女中が徳利の酒とおおぶりの盃といっしょに茗荷《みようが》を梅酢漬けにした小鉢を運んできた。

「ううむ、これはなかなかいける……」

梅酢で赤く染まった茗荷を口に運んで、平蔵は舌鼓《したつづみ》をうった。

「ふふ、お気に召しましたかな。ここは夏は早生《わせ》の茗荷、秋は晩生《おくて》の茗荷、冬から春にかけては蕪《かぶ》を梅酢に漬けこんだものを箸休《はしやす》めにだしてくれますのじゃ」

峪田弥平治が目を細め、しゃきしゃきと茗荷を嚙みしめた。

「この蕪の梅酢漬けもうまそうですね」

もともと蕪の糠漬《ぬかづ》けは好物だが、梅酢漬けは色も食味をそそるうえに梅酢の酸味が淡泊な蕪に一味ちがう風味を加えている。

そこへ女中が猪鍋《いのししなべ》を運んできて、炭火のはいっている囲炉裏の自在鉤に吊るした。

猪の肉は薄切りにしてあるので出汁《だし》が茹《ゆ》だってきたら食べられるという。

「いや、近くにこんな店があるとは羨ましい。忠之もちょくちょく来ているのか」

「ええ、先生のお供で月に何度かは織絵どのといっしょに……」

忠之はうなずいて、かたわらの織絵に照れくさそうに目をやった。

織絵は道場のときとはうってかわって控えめで、皿に盛られた葱《ねぎ》を長箸《ながばし》で鍋にいれては火が通った薄切りの猪肉と葱を小鉢にとりわけて忠之にすすめた。

「忠之さま、猪の肉はあまり火を通さないほうがおいしくいただけますよ」

「や、これは……」

忠之はいそいそと箸をとって猪肉を口に運んで頬ばると、相好をくずして満面の笑顔になった。

「いや、これはうまいな。ちょうど食べごろですね」

「忠之さま、お葱も旬《しゅん》ですから、甘くておいしゅうございますよ」

「なんでもよくご存じですね」

「いいえ、みんな母から教わった受け売りばかり……」

くすっと忍び笑いして、織絵は肩をすくめてみせた。

「だって母は切米取りの貧しい家に生まれましたから、今でも台所に立ちますし、針仕事もいたしますのよ」

「母上が台所に……」

忠之がおどろくのも無理はなかった。

織絵の父は禄高五百八十石の歴《れっき》とした譜代旗本だと峪田から聞いている。

旗本屋敷では主人は殿様で、妻は奥方と呼ばれ、奥方はせいぜい夫に茶を淹《い》れるぐらいで、台所で包丁を使ったり、針仕事をしたりはしないものだ。

そのために何人もの女中がいて、その躾《しつけ》をするのは女中頭の務めになっている。

しかし、織絵の母はみずから若い女中たちに包丁の使い方や煮物の味付けを教えたり、着物の洗い張りや針仕事の手ほどきまでして、一日中コマネズミのように動きっぱなしだという。

「それは、たいした母上だ……」

忠之は感に堪えないように目を瞠り、しきりに感心している。

「いいえ、母は貧乏性なのですよ」

「そんなことはない。わたくしの母とはおおちがいですよ」

――こやつめ……。

平蔵、思わず苦笑いした。

いまの忠之のセリフを幾乃が聞いたらどんな顔をするだろうなとおかしくなった。

「神谷どの……」

峪田が二人のほうを邪気のない目でしゃくってささやいた。

「ふふふ、あのふたり、まるで一対の夫婦雛《めおとびな》のようですな」

「は……」

平蔵は憮然とした途端、昨日の忠之の不可解な言動がすとんと腹におさまった。

──ははん、そういうことか……。

昨日の忠之の過激な反発の因《もと》が奈辺《なへん》にあったかが、二人の親密ぶりを見ていれば否応《いやおう》なしに腑《ふ》に落ちる。

老中の声がかりを笠に着て、兄が強引に大身旗本の息女をおしつけようとした意図もわからなくはないが、おとなしい忠之にしてみれば、あれが精一杯の反逆だったにちがいない。

──こやつめ……そうならそうと、なぜ、早くおれにいわんか。

「いまからあれでは尻に敷かれるのが目に見えておりますぞ」

「なに、こやつにはそのほうが無難というものですよ」

「ま、いまが一番楽しいときでござろう」

「さよう」

「ふふふ……」

「ふふっ……」

平蔵は峪田と顔見合わせて苦笑した。

──とはいえ、幾乃はともかくとして、家格にこだわる兄の忠利が禄高五百八十石の大橋家の娘を素直に受け入れるかどうかは怪しいものだ……。

こうなったら、とことん忠之の味方になってやるしかないだろう。

「忠之。兄上と嫂上のことはおれにまかせておけ」

「は……しかし」

「なぁに、いざともなれば尻をまくって屋敷を飛び出してこい。おれのところに居候《いそうろう》させてやるさ」

どんと胸をたたいて見せた。

「叔父上……」

「心配はいらん。おれは吉宗さまに貸しがあるからな。いざとなれば直訴してやるさ」

「まさか……」

忠之が唖然《あぜん》としたように目を瞠った。

土鍋の猪鍋がぐつぐつと煮詰まってきている。

「さ、一杯いこう……」

徳利を突きつけると、忠之はいそいそと杯をさしだした。

「いただきます」

第四章　深夜の異変

一

――いったい、あのひとはいつもどってきてくれるのだろう……。

お登勢はぶら提灯《ちょうちん》を手に湯島《ゆしま》五丁目を菊坂町に向かって歩きながらも大坂に出かけた音吉のことを思っていた。

お登勢が芦ノ湯の湯宿［笹や］から暇をもらい、小間物の行商をしている音吉といっしょになって小田原城下から江戸に出てきたのは半月前だった。

江戸についたはじめは下谷の旅籠《はたご》に二日泊まり、三日目に音吉が探してきた菊坂町の路地の奥にある長屋を借りて所帯をもった。

六畳と四畳半の二間だけの棟割《むねわ》り長屋だったが、二人暮らしには充分だった。

音吉は岩風呂で懸命に口説《くど》いてきたときと変わりなく、お登勢を可愛がってくれた。

「おまえはおいらの宝物だよ。死ぬまではなしゃしないぜ」

両隣は板一枚で筒抜けにもかかわらず、音吉は夜を待ちかねたようにお登勢の肌身をもとめた。

はじめ、お登勢は隣の左官夫婦を気にして声を押し殺していたが、床板がしなる音だけはどうしようもない。

「いいねぇ、仲がよくて。うちの宿六《やどろく》なんぞ湯屋から帰ってくるなりばたんきゅうで鼾《いびき》かいちまって、ここんとこあたしにさわろうともしやしないんだから」

井戸端で顔をあわせると、隣の左官の女房はあけすけにそんなことをいってからかう。

お登勢は顔から火がでるように恥ずかしかったが、毎日のように湯屋で顔をあわせる長屋の女たちはだれもがあけっぴろげで亭主の竿《さお》の品定めをしたり、担《にな》い売りの八百屋《やおや》がどこかの女房と浮気をしているだの、向かいの寡婦《やもめ》が見習いの若い大工に夜這いをかけられたのという手の噂《うわさ》ばなしに余念がない。

つまるところ、ひとはひと、いちいち気にするほどのことはないとわかってきた。

それからは気が楽になって、夜毎の音吉の愛撫にも思うさまこたえるようになった。

「おまえはほんとに寒鴨《かんがも》のようなおなごだ。しこしこしていて味わえば味わうほど味がでてくる」

音吉は驚喜して、毎夜のようにお登勢をもとめてきた。

――思い切ってこのひとについて江戸にきてよかった……。

そう思っていた矢先、音吉はいよいよ本腰をいれて小間物の小店《こだな》をもつ気になったらしく、大坂の心妙寺《しんみょうじ》という寺に預けてある二十両もの坊主金を取りにいってくると言い残して旅立ったのである。

店をひらくには元手はすこしでも多いほうがいいといわれれば、いうなりに送りだして待っているしかなかった。

――あれから、もう十日になる。

暮らし向きの銭はたっぷり置いていってくれたから心配はないが、身よりのいないお登勢にしてみれば寂しさもあったし、こころ細くもある。

そんなとき、井戸端で顔なじみになったおつたという女に声をかけられた。

おつたは湯島四丁目の飯屋で通いの運び女中をしているが、その店の女中がひとりやめて手が足りないから手伝ってくれないかと声をかけてきた。

ひとりでポツンと音吉の帰りを待っているよりましだと思って、夕方までという約束で一膳飯屋の通い女中をしてみようと思った。

飯屋は客が頼めば酒もだすから、昼の四つ半（十一時）ごろから夜の四つ（十時）過ぎまで店をあけている。

おつたは開店から店を閉めるまで目一杯はたらいているが、お登勢はおつたといっしょに店にいって、夕方、暮れ六つ（六時）には先に帰してもらうことにした。

二

今日は暮れ前から棟上《むねあ》げのおわった大工の仲間がやってきて、運び女中もてんやわんやだった。

自分だけ先に帰るのも気がひけて、お登勢も一刻（二時間）ほど店を手伝うことにした。

大工たちが引き上げるのを待って、ようやく帰してもらったのである。

店で貸してくれたぶら提灯のおかげで足元がつまずくことはないが、五つ（午後八時）ともなると、店はたいがい大戸をおろしてしまうから街は夜の闇に包まれてしまう。

湯島聖堂から巣鴨《すがも》につづく追分道の界隈《かいわい》は大名屋敷や旗本屋敷が甍《いらか》を連ねているが、このあたりは民家ばかりで、どの家も灯りを消して寝静まっている。

ときおり流しの按摩《あんま》が笛を吹いて杖《つえ》を頼りに通りすぎていったり、千鳥足《ちどりあし》の酔っぱらいとすれちがったりするだけで、ほとんど人影はなかった。

お登勢は大柄な躰をすくめ、すこし前のめりになりながら道の端をえらびつつ、提灯の灯りをたよりに帰途を急いでいた。

菊坂町の角にある喜福寺《きふくじ》の門前まで来ると長屋の路地の入り口が見えてきた。ほっとして小走りになりかけたとき、ぷつんと下駄の鼻緒《はなお》が切れてつんのめった。

——もう！

危うく転びかけたが、なんとか踏みとどまった。

しゃがみこんで下駄を拾いあげ、足袋跣《たびはだし》のまま腰をあげようとしたとき、目の前に黒い人影が立ちはだかった。

「待ってたぜ。お登勢さんよ」

お登勢の二の腕をぐいとつかんで、底光りのする双眸が冷笑をうかべていた。

「あ……」

道中笠を目深にかぶっている顔に見覚えがあった。

芦ノ湯の［笹や］に砧屋吉兵衛といっしょに投宿した連れの男で、音吉から聞いたはなしによると鏨《たがね》の彦蔵という二つ名をもつ錠前破りの盗人《ぬすっと》で吉兵衛の片腕だという。

「あんたは……箱根の」

いいかけた途端、ぐいと口を塞《ふさ》がれた。

「おとなしくしな。なにも怖がることはないぜ。お頭《かしら》がお待ちかねだ。たっぷり可愛がってもらうことだな」

鏨の彦蔵が耳元でささやいた。

「う、う……」

お登勢は必死にもがいたが、恐怖に身がすくんでいた。その背後から仲間が手早くお登勢の口に猿轡《さるぐつわ》をかけてしまった。

喜福寺の土塀のそばに止めてあった町駕籠《まちかご》のかたわらから数人の男がさっと近

寄ってくるなり、お登勢の腰をすくいあげて駕籠のなかに運びこもうとした。

お登勢は狂ったようにばたつかせ、腰をよじって逃れようとした。

そのとき、疾風《はやて》のように駆け寄ってきた平蔵が、お登勢の腰をすくいあげていた男の脇腹に拳《こぶし》をたたきこんだ。

「うっ……」

その一撃で、男はぐたりとなって路上に転がった。

「な、なんでぇ！　こいつは……」

お登勢の足を抱え込んでいた男が、泡を食って足から手を離したとき、横合いから峪田が飛びこんできた。

峪田は男の手首を手繰《たぐ》りこんだかと思うと、すっと身を沈めて鮮やかに投げ飛ばした。

六尺近い屈強な男が空き俵《だわら》のように宙を泳いで、路上に蛙《かえる》のようにたたきつけられた。

それを見て、路地の奥にひそんでいた数人の仲間が、殺気だって懐《ふところ》の匕首《あいくち》を抜いて襲いかかってきた。

なかには浪人者が二人まじっている。

「ほう、神谷どの。ウジ虫どもがうじゃうじゃと湧いてきたようですな」

峪田は刀の柄《つか》には手もかけず、平然としている。どうやら素手で悪党どもに立ち向かうつもりのようだ。

「峪田どの。その、おなごを頼みましたぞ。こいつらはわしが引き受ける」

平蔵がソボロ助広を抜き放って、悪党どもに立ち向かおうとしたとき、忠之と織絵が駆け寄ってきた。

「叔父上！　ご助勢つかまつります」

「馬鹿めっ！　おまえが出る幕ではないわ。織絵どのに怪我のないよう気をつけろ！」

一喝《いっかつ》したが、忠之はきかずに腰の刀を抜き放った。

「ちっ！」

舌打ちしたとき、浪人者の一人が無言のまま立ちふさがった。

相当に修羅場《しゅらば》を踏んできた浪人らしく、腰が据わっている。

忠之に目をやると、油断なく剣を青眼《せいがん》に構えている。

「よいか！　おなごを怪我させぬように守ってやれ」

「はい。おまかせください」

いうことは一人前だが、さすがに緊張しているらしく、顔が青ざめている。

――忠之にもしものことがあれば腹切りものだな。

ちらとそんなことが脳裏を掠《かす》めたが、いまさらやきもきしても始まらない。

浪人者が刺突《しとつ》の構えから仕掛けてくる剣には侮《あなど》れない鋭さが秘められていた。

化鳥《けちょう》のように右に左に飛びちがえては剣を下段から摺《す》りあげてくる。その、めまぐるしい動きのなかにも一瞬の静止が見える。

平蔵がその静止の瞬間をとらえ、下段から斜めに斬《き》りあげたが、浪人者は間一髪その鋒《きっさき》をかわした。

同時に背後で風が動いた。平蔵は膝を折って風を薙《な》ぎはらった。

背後から躍りこむように剣をふりおろしてきたもう一人の浪人者の腹を存分に斬り割った。

そやつはつんのめって前方の路上に転倒し、身じろぎもしなくなった。

峪田が匕首を突き出して体当たりしてきた男の手首を手繰りこみ、鮮やかに投げ飛ばすのが見えた。

匕首を低く構えた曲者《くせもの》が忠之めがけて突っ込んでゆくのが見えた。

「忠之！」

平蔵は思わずひやりとして声をかけたが、忠之は慌てることもなく剣を一振りして匕首を叩き落とした。

そこへ御用提灯をかざした市中見回りの町奉行所の同心が、追分道から番所の小役人を従えて駆けつけてくるのが見えた。

ぴゅっと鋭い口笛がしたかと思うと、曲者は瞬時に一団となって闇のなかに溶け込んでいった。

喜福寺の門庇《もんぴ》の下に隠れていた駕籠かき人足が二人、泡を食って逃げだそうとした。

「これ、駕籠かきが駕籠を捨てて逃げてどうするつもりじゃ」

峪田に一喝されて、二人はへなへなとへたりこんでしまった。

番所に引き立てられた二人の駕籠かき人足は、白山権現前で夜鳴き蕎麦《そば》をかきこんでいたところ声をかけられ、郭《くるわ》から逃げ出した女郎を連れもどすのだといわれたらしい。

一人頭一両ずつつかまされて引き受けたそうで、まさか拐《かどわ》かしだとは思わなかったと訴えたが、樋口《ひぐち》という同心は「泣き言はお白州《しらす》で吐け」と容赦なく縛りあげてしまった。

それよりも、曲者のなかに大坂奉行所が手配している大盗［鬼火の吉兵衛］の一味で墊の彦蔵という悪党がいたとお登勢から聞かされて、樋口同心は目の色を変えた。

「墊の彦蔵というのは手配書によると錠前破りの腕ききだということだ。そやつが江戸に現れたとなりゃ鬼火一味が江戸で一仕事するつもりにちがいねぇ」

お登勢が吉兵衛と彦蔵の顔をよく覚えていると聞いて、樋口同心はポンと十手《じって》で肩をひとつたたくと勢いよく腰をあげた。

「よし、明日はあんたに人相書きの手伝いをしてもらうことになるだろうが、今夜はもう遅い。帰ってゆるりと眠るんだな」

樋口同心は峪田弥平治にお登勢を預けると、捕縛した二人の駕籠かき人足をひったてて奉行所に引き上げていった。

「神谷どの。せっかくの酔いがさめてしまいましたな。ちと遅いが飲み直しませんか」

「いいですな」

平蔵も否《いな》やはない。

お登勢をともなって峪田弥平治の家につくと、織絵が甲斐甲斐《かいがい》しく火を熾《おこ》し、湯を沸かしにかかった。

道場では男の門弟を手玉にとるほどの腕前にもかかわらず、小袖《こそで》に着替えた織絵はつつましく武家娘らしい挙措《きょそ》にもどっている。

平蔵と忠之は峪田にすすめられるまま、とりあえず茶碗酒を傾けた。

「それにしても、おれがおまえとこうして膝つきあわせて酒を酌《く》み交わすことになろうとは思わなんだな」

「はい。なにせ、叔父上はおっかないおひとでしたから……」

「ふふふ、おれはちいさいときから母の顔も知らず、兄上はひとまわり以上も年上だったから、ちとひねくれておったのよ」

「いいえ、わたくしには好き放題にやりたいことをなさっているように見えましたが」

「ま、そうでもしなければ息がつまりそうだったからの」

平蔵、ふと苦い目になった。

「ともあれ、今夜はおまえを見直した。はじめて修羅場に出くわしたようには見えなんだな」

「なんの、実のところ無我夢中でした」

「あたりまえだ。おれも初めて真剣を目の前にしたときは足が震えて何をどうしたか、さっぱりわからなかったものよ」

「叔父上が、ですか」

「こいつ、おれもおまえとすこしも変わりはせん。ただ、おまえよりちと無鉄砲だっただけのことさ」

「それを聞いて安心しました」

「はっはっは、どうやら神谷どのは忠之から見れば鬼か化け物とでも思われていたようですな」

峪田が楽しそうに笑い飛ばした。

「いや、そのようなことは……」

急いで打ち消した忠之に、平蔵はひたと目を向けた。

「ただひとつだけいっておく。降りかかる火の粉は防がねばならんが、できれば人を斬らずにすませることだ」

「それは、どういうことですか……」

「うむ。悪事に走る者のなかには生かしておいてはためにならぬ心底からの悪党もいるが、いっときの気の迷いから悪事に誘われた者もいるからよ。ま、さっきの駕籠かき人足などもその口だな」

「ははぁ、なるほど。おっしゃることがなんとなくわかるような気がします」

「野山の獣は狼《おおかみ》でも熊でも飢《う》えれば腹を満たすために生き物を襲い、おのれの命が危ないときは牙《きば》を剝《む》いて戦う。おのれが生き残るためだが、人というのは始末に悪い生き物でな。おのれの我欲のために平気で人を泣かせ、殺《あや》め、責め苛《さいな》むのを好むやつがいる」

平蔵は吐き捨てるようにいった。

「おれが斬るのはそういう輩《やから》だが、その見極めがむつかしい。なかには斬らずともよかったということも何度かある」

「叔父上……」

「おれは数えきれぬほど人の恨みを背負っているはずだ。まちがいなく極楽往生はできんだろうよ」

平蔵はホロ苦い目になると、ぼそりとつぶやくようにもらした。

「おまえが剣術ではなくて柔術をえらんだのはおまえにとってもいいことだ。剣術は敵を葬《ほうむ》る技だが、柔術は身を守る技だからな。おおいに励むがいい」

忠之は神妙な面持《おもも》ちになり、無言でうなずいた。

お登勢は織絵に温かい白湯《さゆ》をもらい、喉を潤《うるお》しつつ、まじまじと平蔵を見つめていたが、やがておそるおそる問いかけた。

「あの、もしやして、あなたさまが、かみやへいぞうとおっしゃる御方なのでしょうか」

「うむ……それがどうかしたか」

「は、はい……箱根の湯宿にいたとき、番頭さんから瓦版《かわらばん》を見せてもらって、お名前だけは存じておりました」

「瓦版……」

「え、ええ。たしか、ご公儀がお手配中の盗人を退治なさったとか……」

「ああ、あれか……」

平蔵は苦笑しながらうなずいた。

「瓦版などというのは嘘八百のでたらめをおもしろおかしく書き立てるものだ。それはともかく、今夜は安心して休むといいぞ」

「は、はい」

お登勢はきちんと座りなおし、両手をついて深ぶかと頭をさげた。

「ありがとうございました。なんとお礼をもうしあげてよいやらわかりませぬ」

それをじっと見つめていた峪田弥平治が、ゆっくりとうなずいた。

「そなた、どうやら武家の出らしいの」

「え……あ、はい」

お登勢は一旦、頬を染めて羞じらったが、顔をあげてかすかにうなずいた。

「亡くなった父は中津山藩に仕えていた武士でしたが、わたくしが九つのときに浪人し、その後は小田原城下で寺子屋をしておりましたので、中津山のことはおぼろげにしか覚えておりません」

「ほう。陸奥の中津山から小田原まで出てこられたのか」

峪田弥平治は深ぶかとうなずいた。

「さぞ、お父上はご苦労なされたであろうが、なにも浪人を恥じることはありませんぞ。わしも浪人して、もはや二十数年になる」

峪田弥平治はいたわるような眼差しをお登勢にそそいだ。

「そなたが危ないところを助けることができたのも何かの縁であろう。住まいはこの近くのようだな」

「はい。すぐそばの弥《や》助《すけ》長屋に越してきたばかりでした」

「うむ。弥助長屋なら目と鼻のところだが、だれぞといっしょかな」

「は、はい。連れ合いがおりますが、いま、上方《かみがた》にいっておりますので……」

お登勢は音吉と所帯をもつようになったいきさつを手短に語った。

「ふうむ。それで、いまは亭主の帰宅を待っているということだな」

「はい……」

「おなごがひとりで留守居とは、ちと物騒だのう……」

峪田弥平治はかすかにうなずいて、お登勢に問いかけた。

「そなたさえよければ、ご亭主がもどられるまでここにおられたらどうかな。大家にはわしから話しておけばよかろう」

「は、はい……」

そのとき、背後に控えていた織絵が身を乗りだした。

「先生。この方はいっそのこと、わたくしどもの屋敷でお預かりしたほうがよろしいかと存じます」

「うむ……」

「大橋の屋敷には父や兄もおりますし、腕のたつ若党もおりますから無頼《ぶらい》の者など手出しはできませぬ。それに食事などの心配も無用でございましょう」

「おお、たしかに大橋家の屋敷なら、このおひとの長屋にも近いゆえな」

「はい。この方の長屋にはわたくしがまいって、差配に申し伝えておきまする」

「うむ、そうしてもらえればありがたいの」

峪田はお登勢に目をやった。

「この織絵どのの父御《ててご》は大橋源之丞《げんのじょう》ともうされる大番組の譜代旗本でな。わしもよう存じあげておる。ご亭主がもどられるまで、おいてもらうがよかろう。どうじゃな」

「は、はい……」

お登勢は涙ぐんで両手をついた。

「どうか、よろしくお願いいたします」

「それにしても、あんたも鬼火の吉兵衛なんぞという物騒なやつらに目をつけられるとは、よほど運が悪かったな」

平蔵が痛ましげに声をかけた。

「え、ええ……もし、あのとき音吉さんに出会っていなかったらと思うとゾッといたします」

「明日は人相書きの手伝いをさせられるだろうが、そいつらの顔は今でもちゃんと思い出せそうか」

「それは、もう……長いあいだ湯宿の女中をしておりましたから、一度でもお泊まりになったお客さまの顔は覚えておく癖《くせ》がついております」

「ほう、そりゃたいしたものだ」

「あのう……さっきはもうしあげなかったのですが、音吉さんから聞いたところによりますと、鬼火の一味には須川市之助とかいう居合いの達人がいるとか……」

「ふうむ、居合いか……」

「はい。先だって神谷さまに斬られた猪口仲蔵とやらいう盗賊は鬼火の吉兵衛と深いかかわりがあるらしく、その須川市之助という剣術遣《つか》いを使ってなにがなんでも神谷さまを殺そうとしているそうです。どうか、くれぐれもご用心くださいませ」

「ははぁ、猪口仲蔵の敵討《かたきう》ちということのようだな」

「はい。くわしいことは存じませんが、その須川市之助というのは林崎夢想流とやらいう流儀の達人だと聞きました……」

「なに、林崎夢想流……」

　平蔵は思わず眉をひそめた。

「ご存じか」

峪田の問いに平蔵は深ぶかとうなずきかえした。

「ええ、まだ一度も立ち合ったことはござらんが、かつて佐治先生から耳にしたところによると、恐るべき剣法だそうですよ」

「ふうむ……」

さすがの峪田も眉を曇らせた。

「あまり出くわしたくない相手ですな」

「さよう……」

平蔵はホロ苦い目になった。

三

須川市之助は伝通院前の路地を懐手をしたまま、食わえ楊枝《ようじ》で端唄《はうた》を口ずさみながら歩いていた。
〜駒がいななきゃ花が散る
散った桜に　なぜ駒とめる
須川市之助にべったりとくっついてきた鳥もちの紋造がぼやいた。

「ねぇ、せんせい。甃のあにぃたちはだいじょうぶですかねぇ」

「おれの知ったことか」

「そ、そんな……」

「だいたい、おれは女を拐かすなどいう破落戸《ごろつき》まがいのことは大嫌いだとハナからいっているだろうが」

　口にくわえていた楊枝をペッと吐き捨てると、さっさと歩きだした。

「それも、莫連女《ばくれんおんな》ならともかく、男と所帯をもったばかりの女を攫《さら》うなんぞという阿漕《あこぎ》な真似は真っ平だ」

「けど、お頭が目をつけていなさる女だそうですぜ」

「そういうところが吉兵衛の悪い癖だ。おなごってのは可愛がるもんだろうが。嫌がる女を無理やりものにしてどこがおもしろいのかね」

「へっ、ま、そりゃそうですがね」

「おい。ごちゃごちゃぬかすんなら、ついてこなくてもいいぞ」

「せ、せんせい……ま、待っておくんなさいよ」

　紋造は泡を食って、あたふたと浪人者のあとを追いかけた。

「まいったなぁ。おいら、どうすりゃいいんでぇ……」

須川市之助はふりかえろうともしない。

「せ、せんせい……」

うろたえながらも紋造は仕方なくあたふたと後をついていく。

須川市之助は気随気儘《きずいきまま》な性分で、いつ、どこへふらりと寄り道するかもわからない。

そのため紋造は、なにがあっても仇名《あだな》のとおり鳥もちみたいに須川市之助にくっついて離れるなと、頭領の吉兵衛から命じられているのだ。

どんなに素っ気なくされても、腐らずにへばりついていくことから、吉兵衛が鳥もちという仇名をつけたのだ。

どういうわけか須川市之助は紋造とは気があうらしく、紋造がつきまとうのを嫌がらなかった。

「おい、紋造。あそこに「あかねや」という軒行灯《のきあんどん》が見えるだろう」

「へ、へぇ……」

「酒と女の匂いがぷんぷんする店だ。ちょいと寄って一杯やっていこう」

伝通院裏門前の角まで来て、須川市之助がひょいと顎《あご》をしゃくってみせた。

「え……」

「いやならよせ。先に帰っていいぞ」

「そ、そんなぁ」

「じゃ、ついてこい」

〜雲となり　雨となるとき曇る声……

「なぁんてな、江戸っ子も洒落《しやれ》たことをいうものだ。ふふ、ま、紋造は洒落っ気なんてものにゃ縁がないか」

須川市之助はさっさと「あかねや」の引き戸をくぐった。

四

——四半刻（三十分）後……。

須川市之助は「あかねや」の二階にある六畳間で年増《としま》の酌婦《しやくふ》の膝を枕に盃を舐めていた。

紋造はあきらめきったように若い酌婦の肩を抱き寄せて酒を飲んでいる。

「まいったなぁ。こんなとこでひっかかっちまって……」

「ふふふ、おまえにはわからんだろうが、さっきの二人の侍は、ただもんじゃないぞ。彦蔵なんぞが二十人や三十人、束になっても敵《かな》う相手じゃない」

「え……」

「ことに、あの神谷平蔵とかもうすやつ、ただものじゃないな。おれの居合いをハナから見切っていやがった」

「へ、へい。そりゃまぁ、いまの公方《くぼう》さまを狙った尾張《おわり》の刺客を片づけたり、鬼夜叉《おにやしゃ》の一味を皆殺しにしたとかで瓦版にまでなったくれぇの剣術遣いだそうですからね」

「だろうな。おおかた、これまでも数え切れないほどの修羅場をかいくぐってきたんだろうよ。ま、おまえたちも命が惜しかったら、せいぜい、あやつには出くわさないようにすることだな」

じろりと紋造を見やって吐き捨てた。

「おまえなんかが飛びこんでいったら、それこそ飛んで火にいる夏の虫みたいなものだ」

じろりと紋造を見やった。

「へ、へぇ」

「余人をまじえず、あの神谷平蔵と勝負してみたいもんだ……」

ぼそりとつぶやくと、須川市之助は膝枕の酌婦の腿を撫《な》でながら手を裾《すそ》のなかにもぐりこませた。

「あれ、いやな……」

三十年増の酌婦が内股をぎゅっとしめ、腰をよじった。

「ふふ、いやよ、いやよもいいの口、あれさこれいううち声が低くなりってな」

腕をのばして酌婦のうなじに手をかけ、ぐいとひきつけて口を吸いつけた。

「だ、だんな……」

もがく酌婦を横抱きにかかえた須川市之助は襟《えり》ぐりから手をもぐりこませると、もういっぽうの手で懐から小判をつかみだし、酌婦の裾前にチャリンと投げ出した。

「どうだ、これでいいか。座布団を枕にというのも乙《おつ》なもんだぞ」

「ン、もう……」

口を吸いつけられ、小判の音を聞いた途端に女はぐたりとなって須川市之助の首にしがみついていった。

裾が割れて、赤い蹴出《けだ》しから白い内股がこぼれだした。

「これだもんな……」

ぼやいた紋造の膝に若い酌婦がしなだれかかった。

「ねぇ、あっちはあっち、こっちはこっちでしょ。野暮はいいっこなし……」

紋造にしなだれかかり、うなじに白い腕を巻きつけた。

紋造が手を胸にさしいれると、若い酌婦はぐたりと躰を紋造にあずけながら誘うように片膝を立てた。

赤い腰巻がはだけ、白い内股がのぞいた。

腕をのばした紋造が内股に掌《てのひら》を這わせようとすると、酌婦はその掌を太腿でぎゅっと挟んでささやいた。

「ねぇ、隣の部屋があいてるわよ」

「わかったよ。こうなりゃ一蓮托生《いちれんたくしょう》だ」

紋造は女の腰をすくいあげると隣室の襖《ふすま》を足の爪先であけた。

女はふふふと含み笑いして、紋造の首っ玉にしがみついていった。

五

平蔵が千駄木の自宅にもどったのは、もう九つ半（午前一時）を過ぎた深夜だった。

篠はひとりで飯をすませ、風呂を使って洗い髪のままで針仕事をしながら待っていた。

平蔵から話を聞いて、篠は目を瞠《みは》った。

「まぁ、そのような物騒なことがございましたの。でも、お怪我もなくて、ようございました」

「ふふふ、どうも、おれがちょいと出かけると何か厄介事に出くわすようだ」

「そういう巡り合わせのおひとですよ。平蔵さまは……」

篠はこともなく、くすっと笑った。

「おまえとひょんなことになったのも巡り合わせ、か……」

「それはそうでしょうよ」

「おまえもとんだ貧乏くじをひきあてたものだな」

「さ、それはどうですかしら……」

小首をかしげ、目尻に笑みをうかべた。

「さきのことはわかりませんが、いまは可愛がっていただいておりますもの」

「ようういうわ……」

苦笑いして篠に茶漬けを頼んだ。

酒の酔いは残っていたが腹は減っていた。

手際よく篠が支度した茶漬けをかきこんでいると、給仕をしながら篠が小首をかしげてつぶやいた。

「でも、その音吉さんというおひと、小間物の担い売りで、何十両も貯えられるものでしょうか」

「ン……」

「だって、まだ三十そこそこのおひとでしょう。そんなに稼ぎがあるとは思えませんけれども……」

「ふうむ。しかし、ま、おれや伝八郎みたいに有り金はたいて酒やおなごに使わず、しこしこと精出して貯えれば金も残るだろうよ」

「ま、しこしこだなんて下世話なことをもうされますな」

「なにが下世話、何年も長屋暮らしをしていれば侍言葉もぬけようというものよ」

「それだけではございませんでしょう。嫂上《あねうえ》さまにおうかがいしましたわ。おまえさまのおなごの後始末にはずいぶんとご苦労なされたとか」

「ン？　いや、ま、それは駿河台の屋敷にいたころのことよ。なにせ、嫂上はおれに甘かったからな」

「では、おひとりになってからはどうなさっていたのですか。とても、おなごなしではいられないおひとですものね」

「そこはそれ、窮すれば通ずでなんとでもなるものだ」

「わたくしのときのように……ですか」

からかうように目をすくいあげた。

「こいつ……」

「あら、もう、お忘れになりましたの」

「うむ……」

「ほら、駒込片町《こまごめかたまち》の塚本《つかもと》さまのご妻女《さいじょ》が産気づかれて、わたくしがお供をしていった帰り、夕立にあったときのこと……」

「ああ、ずぶ濡れになって、おまえをおぶってここまで走って帰ったときのことか」

「そうですよ……」

篠はからかうように目をすくいあげた。

「だって、あれまで、おまえさまとはなんでもなかったのに、あのとき湯を使って帰れとおっしゃったあげくに、わたくしがお湯を使って出てきたばかりのところを狙って……」

「おい、狙ってとはなんだ、狙ってとは……人聞きの悪いことをいうな」

「いいではありませぬか。そのおかげでおまえさまと夫婦《めおと》になれたんですもの。いまでは夕立さまさまですけれど……」

篠は涼しい顔でほざいた。

「それとも早とちりしたと悔やんでいらっしゃるのですか」

「ちっ、おなごというのは一年以上も前のことをこまごまと、よう覚えているものだな」

「ええ、それは、もう……おなごは嫌なことは忘れますけれど、そういうことはいつまでも忘れないものですわ」

つぶやくようにいうと、くすっと忍び笑いした。

「もしかしたら、忠之さまは、その織絵さまとかもうされるおひとに想いを寄せておいでなのではありませぬか」

「ああ、よく、わかるな」

「織絵さまもおなじだと思いますよ」

「そう、思うか」

「それは、もう……おなごは自分を好いてくださっている殿御《とのご》かどうかはすぐにわかりますもの」

「ふうむ……」

「それに、こんな夜更けまで忠之さまといっしょにいらっしゃるのは忠之さまを好いていらっしゃるからですよ」

篠は迷いもなく言い切ってほほえんだ。

「おまえさまが仲立ちなさってさしあげればよろしいではありませんか」

「ふふ、仲立ちか。おれにはあまり似合わぬ役目だがな」

「でも、ぐずぐずなさっていると、いつ織絵さまに縁談が舞い込むか知れませぬ。おなごの十八といえば遅いくらいですもの」

「うむ……」

「なにを迷っていらっしゃるのですか」

「いや、実をいうと、忠之には老中のお声がかりの縁談があって、兄上が老中に快諾してしもうたゆえ、なんとか、おれにまとめてくれるよう嫂上から頼まれておるのよ」

「ま……」

「なぁに、どうでも兄上が突っ張るようなら鼬《いたち》のさいごっ屁《ぺ》で忠之に家出させるという手がある」

「まさか……」

「なにが、まさかだ。忠之が本気であの鬼娘に惚《ほ》れているなら駆け落ちするぐらいの覚悟がなくては男とはいえん」

「もう、おまえさまというおひとは……」

「ふふふ、なぁに、嫂上は賢いおひとだ。そこまでせずともうまく兄上を説得してくれるだろうよ」

平蔵は残った茶漬けを箸《はし》でかきこむと、沢庵《たくあん》を噛みながら大あくびをした。

「あら、まぁ、お行儀の悪い……」

「なにをぬかすか。おれが行儀のよい男なら、おまえに手出しなどしてはおらぬわ」

「おや、後悔なさっているような口ぶりですこと……」

平蔵はむんずと腕をのばして、篠を抱き寄せた。

「こら、ああいえばこういう、近頃、口答えが過ぎるぞ」

篠の腰をすくいあげると、板の間から腰をあげた。

「今夜はひとつ、きつい仕置きをしてくれよう」

「ま、こわい……」

篠はくすっと笑って、幸せそうに頬をすり寄せてきた。

六

――そうか、あの寒鴨はやはり江戸に出てきていやがったんだな……。

鬼火の吉兵衛は絹夜具のなかで腹ばいになったまま、煙管《キセル》の莨《タバコ》をくゆらせていた。

ここは仙台堀《せんだいぼり》沿いの「かずさ」という船宿で、行き交う舟の櫓音《ろおと》や船縁《ふなべり》をたたく水の音が深夜になっても切れ目なく聞こえてくる。

枕行灯の淡い灯りが、かたわらで眠っている女の横顔にほのかな陰影を浮かびあがらせていた。

洗い髪のままの毛先が女の頬や、はだけたままの胸にまつわりついている。

緋縮緬《ひぢりめん》の長襦袢《ながジュバン》をまとっただけの女は色白で品のいい美貌をしている。

しかし、この品のいい美貌の女の肌身の下にはおどろくほど淫蕩《いんとう》な血が流れていることを吉兵衛は知っていた。

女の名は佐江《さえ》という。

出羽秋田《でわあきた》の生まれで父は久保田藩《くぼたはん》の侍だったが、九年前、妻が上役と密通していることを知った父は二人を斬って脱藩し、七つになる一人娘の佐江を連れて江戸に出てきた。

深川で草鞋《わらじ》や莫蓙《ござ》を編んで暮らしていたが、十二年前に佐江を残して病死した。

二年前、深川永代寺《えいたいじ》の門前町で茶店の茶汲《ちゃく》み女をしていた佐江に目をつけたのが吉兵衛だった。

茶汲み女は、客と女の息があえば客に連れ出し料を払ってもらい、近くの出合い茶屋で色を売る。

佐江は十八のときにおなじ長屋にいた左官職人と恋仲になって初穂《はつほ》を摘《つ》まれたものの、一年足らずで男に捨てられて、門前町の茶汲み女になった。

職人は左官の頭領の一人娘に惚れられて婿《むこ》にはいった男だったが、佐江との仲を気づかれて五両の手切れ金で別れさせられたのである。

それまでは乳も臀《しり》もちいさい小娘だったが、男の手管になめされてからは肌身に脂《あぶら》がのって磨きがかかり、ぞくりとするほど色気が匂いたつような女に変貌した。

店の常連客のだれもが佐江を口説こうとしたが、佐江は金のある客にしか首を縦に振ろうとしなかった。

吉兵衛が佐江に目をつけたのはそのころだった。

出合い茶屋ではじめて佐江を抱いたとき、吉兵衛は、佐江にはめったにない淫蕩な血が流れていることを知った。

ただ男に抱かれているのではなく、興きわまると佐江はみずから躰をいれかえて馬乗りになり頂きに登りつめようとする。

白い喉をそらせ、狂ったように腰をしゃくりたて、あられもない声を放つ。

その狂態はまさしく獲物をむさぼる獣のようだった。

それでいて、床にはいるまでは吉兵衛が買いあたえた船宿の女将《おかみ》として愛想よく客をあしらい、船頭や女中たちのあつかいも文句のつけようがない。

いずれは江戸にも足場をもとうとしていた吉兵衛が店をまかせるには、もってこいの女だった。

かつて吉兵衛は江戸で女の着物の担い売りをしていたことがある。

女は肌着や着物、帯などで幾重《いくえ》にも躰を包んでいるため、見た目だけでは下に隠されている生身の躰はわからないものだ。

男は外見だけで女を見ているが、それでは女のよしあしはわからない。

吉兵衛は女の腕や腰まわりに手指をふれただけで、上品《じょうぼん》か下品《げぼん》かを見抜くことができるようになった。

着物を売り歩く担い売りは家にあがりこむことが多いし、女は着物を買うときは不用心になるものだ。

なかには亭主が長旅で留守にしていたり、外に女ができて不満を抱えている女もいる。

むろん、亭主に死に別れた後家もいる。

誘われて空閨《くうけい》の相手をすることも数えきれないほどあった。

藩士や旗本の妻もいたが、抱いてみれば女は女で、武家の女も町人の女も百姓の女もすこしの変わりはなかった。

女は見た目ではなく、抱いてみなくては値打ちはわからないことを実感した。

二十六のとき博打《ばくち》に手を出してできた借金で首がまわらなくなり、八文字屋喜兵衛に誘われて盗人の手伝いをした。

手にした大金を見て、まともに汗水流して働くのがバカバカしくなった。

えらそうにふんぞりかえっている役人も小判と女には弱い。

――いまの世の中、とどのつまりは金と女につきる……。

八文字屋喜兵衛の配下から独り立ちし、鏨の彦蔵を片腕にして上方から博多にかけて荒らしまわった。

ただ、八文字屋喜兵衛の縄張りには決して手をださなかった。

それに吉兵衛は生来が女好きだが、女にこころを許すことはなかった。

――女というのは、そのとき、そのときを生きる。嘘は女の化粧とおなじで、はがれたら塗りなおすだけだ……。

男も嘘をつくが、どこかに後ろめたさをかかえているから、すぐにわかる。

女は嘘をついても後ろめたさなど感じていないから、そぶりにも見せない、嘘という都合のいい着物を着ているようなものだ。

吉兵衛はそう思っている。

だから吉兵衛は女の器量よりも、躰のよしあしだけを見る。

どんなに旨《うま》い食い物も毎日では飽きるのとおなじように、どんな女でも飽きればば未練なく捨てる。

佐江にもそろそろ飽きてきたころだった。

芦ノ湯の［笹や］の離れに吉兵衛と彦蔵を案内するお登勢の後ろ姿を見たとき、吉兵衛は「これは……」と思った。

女は後ろ姿でよしあしがわかる。

足の運び、それにつれて左右に動く腰と臀を見れば上品か、下品かのおよその見当がつく。

——こいつは、きわめつけの上品だ。

こんな湯宿に置いておくにはもったいないと思った。

せいぜいが三十両か、五十両もだせば江戸に連れていけるだろう。

そう踏んでいたところを、あっさり音吉とかいう担い売りの小間物屋に横取りされて逃げられてしまった。

彦蔵が菊坂町で見かけたものの、もうすこしのところで邪魔がはいり、捕らえ損なったお登勢のむちりとした躰を思い起こし、吉兵衛は舌打ちした。

彦蔵によると、お登勢は菊坂町の長屋に音吉と所帯をもっているらしいが、ま、焦《あせ》ることはない。

――なに、いずれは、あの寒鴨をしめてくれよう……。

佐江のしなやかな腰をひきつけながら、吉兵衛はうそぶいた。

――そのまえにひとつ大仕事をしてのけねぇとな。

煙管の莨をポンと灰吹きにたたきつけると吉兵衛はかたわらの佐江の腰に手をかけて引き寄せた。

佐江はとろとろとまどろみながらも、しなやかに腕をのばして吉兵衛のうなじに巻きつけてきた。

第五章　災いの始まり

一

――これは、労咳《ろうがい》（肺結核）だな……。

白く透きとおるような女の胸を触診した平蔵は寝間着の襟《えり》をもどした。

「いかがなものかな……」

綿のはみだしかけた煎餅《せんべい》布団の枕元に正座している夫が気遣《きづか》わしげに問いかけた。

この夫は団子坂下の長屋に住む岩井平内《いわいへいない》という浪人者で、版下《はんした》の筆耕《ひっこう》の内職をしながら病いもちの多江《たえ》という妻女《さいじょ》と二人でほそぼそと暮らしているということだった。

筆耕というのは版元から注文をもらって漢籍や、読み本、滑稽本《こっけいぼん》や好色本などの文字を清書《きよが》きにしたためる内職である。

漢字や平仮名もきちんと書けなくてはならないから学問の素養がないものではできない内職で、元は武士の浪人者にはもってこいの仕事ではあるが、半紙一枚に清書きして何文の安い手間賃だと聞いている。

長屋の家賃を払い、夫婦二人の口を糊《のり》するのは爪に火をとぼすようなものだろう。

おおかた妻女の多江が元気なときは、縫い物の賃仕事などして家計の足しにできただろうが、いまは岩井平内の筆耕だけで食いつなぐしかないのだろう。

六畳に四畳半の部屋には家具らしいものはほとんどなく、部屋の隅に立てかけてある差し料の刀も鞘塗《さやぬ》りは剝《は》げている。

襖《ふすま》も障子も破れて継《つ》ぎ接《は》ぎしてある。

その暮らしぶりの貧しさに胸を衝かれた。

昨夜から妻女が咳《せ》き込んで苦しんでいるので往診を頼んできたのだが、おそらく平内が見るに見かねてのことにちがいない。

診察してみるまでもなく労咳だとわかった。

不治の病いというわけでもないが、これという特効薬はない難病である。

臓腑《ぞうふ》に腫瘍《しゆよう》（癌《がん》）があるわけではないから暖かい土地に転居して、滋養のあるものを食し、静養するのが一番よいが、そんなことができる余裕のある身分でないことは暮らしぶりを見ただけでわかる。

「さよう……」

平蔵は平静さを装いつつ、なんと答えたらよいものか迷ったが、すぐに迷い顔を消し、和《にこ》やかにうなずいた。

「おおかた風邪をこじらせたものでござろう。なに、すぐにどうこうなるという悪い病いではござらん」

むろん、その場しのぎのおためごかしではない。労咳は若くて体力があれば克服できることもある病いである。

ただ妻女はまだ二十歳代と年は若いが、暮らしに追われているうえ、生まれつき丈夫な体質ではなかったのだろう、骨もか細く、肉づきも薄い躰をしている。

背中の貝殻骨《かいがらぼね》も尖《とが》ってうきだしているし、女盛りにもかかわらず頬もこけていて、乳房や腹、尻の肉づきも薄い。

「ともあれ、まずはご妻女の躰にちからをつけることがなによりも肝要ですぞ。黒胡麻《くろごま》をすりつぶしたものを菜《さい》にまぶしたり、鶏卵や鶏肉、鰯《いわし》などの滋養のあるものを食されるのがよろしかろう」

労咳には高麗人参《こうらいにんじん》がいいというものもいるが、べらぼうに高価なうえに効能のほども定かではない。

持参した薬箱を引き寄せて、小柴胡湯《しょうさいことう》と大蒜《にんにく》の粉末の薬包を取り出した。大蒜の粉末は平蔵が軒下《のきした》に吊るし、カラカラに乾かしたものを擂《す》り鉢《ばち》ですりつぶし、縁側で日干しして粉末にしたものである。

体力の弱った病人にも効能があるうえ、精力の増強にもなる。婚する前、か細かった篠にも服用させ、いまでは見違えるほど達者になった。

また、小柴胡湯は肝ノ臓にいいし、大蒜は血のめぐりをよくし、躰を温め、疲れやだるさをとり、精力をつけ、万病に卓効がある。

「この大蒜の粉を朝飯のまえに耳掻きに一杯ずつ白湯《さゆ》で飲ませてさしあげることです」

「耳掻き一杯でよろしいのか……」

亭主はなにやらホッとしたようすだった。

「いかにも、多ければよいというものではござらぬ。ともあれ、ご妻女の病いは体力をつけることが大事、なにせ古来から食は命という格言もござる」

平蔵は妻女をひたと見つめた。

「よいな。よく食べて体力をつけ、暖かい日には近くを散策なされたほうがよいぞ。寝たきりでは足も弱るし、気力も萎《な》える。病いは気のもちようが肝心ですぞ」

妻女はうなずいて、細い手首をのばし、夫の手をひしとつかみとった。

「おまえさま……もう、咳はとまりましたし、熱もないようですよ」

「う、うむ、そうかそうか……先生があともうされている。あとで鶏卵をもとめて卵粥《たまごがゆ》をつくってやるからの」

「もうしわけございませぬ。おまえさまにはご苦労ばかりかけまするな」

「なにをいう。よけいな心配をしては治るものも治らぬぞ」

「ご主人のもうされるとおり、いまはご自分が元気になられることだけをお考えになるがよい」

平蔵は薬箱を手に腰をあげた。

「また、具合が悪くなられたら、いつでも声をおかけくだされ」

妻女が肘《ひじ》をついて躰を起こしかけるのを押しとどめ、平蔵は書きかけの筆耕の半紙と筆硯《ひっけん》がおいてある座卓の脇をぬけて土間におりたった。

雪駄《せった》の鼻緒《はなお》に足の指を挟みかけたとき、座卓においてある紫檀《したん》の算木《さんぎ》と、かたわらの太い孟宗竹《もうそうちく》の筒に無造作にさしてある筮竹《ぜいちく》の束が目にとまった。

「ほう、岩井どのは卦《け》をなされるのか」

「は……いや、若いころ父から易学《えきがく》を学んだことがござってな。算木も筮竹も父の形見ですよ」

「なるほど易学を……」

「いやいや、おのれの先行きも見通せなんだ愚か者でござる」

「なんの、それがしも剣術に血道をあげたあげく、いまは見られるとおり町医者で糊口《ここう》をしのぐ身となりもうした。ひとの先行きなどだれにも見えぬものですよ」

「いや、神谷どのの剣名はかねてより耳にいたしておりました。おなじ武家に生まれながら剣医両道に励まれている神谷どのとはおおちがいと、われながら身のすくむ思いでござる」

「なに、曇る日もあれば晴れる日もござる。ご妻女のためにも御身御大切になさることですぞ」

「かたじけない」

岩井平内は表まで見送りに出てきて、往診料や薬代はいくらかと聞いたが、平蔵は妻女が本復なされてからで結構だと答えた。

あの貧しい暮らしぶりや、妻女の病いのことを思えば往診料や薬代などをもらう気にはとてもなれない。

――銭などは取れるところから取ればいいことだ……。

世の中には治療の礼金だといって五両もの大金をポンとはずんでくれる根津権現前の小料理屋［桔梗や］の女将《おかみ》のような気前のいい患者だっている。

――金は天下のまわりもの……。

いざともなれば篠が糠漬《ぬかづ》けの甕《かめ》の底に貯えてあるという虎の子を吐き出させるまでだ。

――それにしても、よい夫婦だ。

病妻を心底からいたわっている岩井平内と平内を頼りきっている多江の二人に、平蔵は清々《すがすが》しいものを感じた。

そのいっぽうでは労咳を治癒《ちゆ》するなんの手立てもない今の医術の限界がもどかしくもあったが、こればかりは平蔵には如何《いかん》ともしがたいことだった。

薬箱を手に千駄木の自宅にもどってみると、奥の間で篠を相手に調子のいい軽口をたたいている斧田《おのだ》の声が聞こえた。

二

斧田晋吾《しんご》は北町奉行所の定町廻り方同心で、平蔵とは旧知の仲である。

ざっくばらんな人柄で、すぐに下《しも》がかったことを口にするのが困りものの男だが、こと探索にかけては瞠目《どうもく》すべき粘り強さと、鋭い勘ばたらきを発揮する。

近頃では市中見回りにかこつけては暇つぶしにのこのこやってくる。

あけっぱなしの土間にはいると、斧田が奥の間で、篠を相手に気楽な戯《ざ》れ言をほざいている声が筒抜けに聞こえてきた。

「いやいや、ご新造《しんぞ》。腹にややこをもった女房ほど強いものは世の中にござらんぞ。なにかというと布袋《ほてい》さまのようにふくらんだ腹を突き出して口答えはするわ、やれ肩をもめだの、足腰をもめだのと亭主をこき使う。いやもう、伝家の宝刀を質にとられているようなものでござるよ」

「ま、なにやらおのろけのようにも聞こえますけれど……」

「よう、もうされるわ。布袋腹をかかえた女房を見ていると家に怪物でも住み着かれた気分ですぞ」

斧田の饒舌《じょうぜつ》はとどまるところがない。

——ちっ！　またぞろ番所廻りの合間の暇つぶしにきやがったな……。

舌打ちして薬箱を上がり框《かまち》の炉端に置くと、奥の間に足を運んだ。

「おい。斧田家に伝家の宝刀などあったとは初耳だな」

「ン？」

ふりむいた斧田がぬけぬけとした顔でだじゃれをほざいた。

「なにをぬかす。おれの伝家の宝刀は日常座臥《にちじょうざが》、肌身離れず股座《またぐら》に鎮座しておるわ。はっはっはっ」

「ま……」

篠がくすっと忍びわらいした。

「それにしても貴公も、こんな朝っぱらから往診とは精がでるな。いやいや、商売繁盛で結構、結構……」

「よういうわ。そっちこそ千駄木くんだりまで市中見回りとは天下泰平、いや結構な身分だな」

「なにをぬかすか。こっちは朝っぱらから似顔絵描きを同道し、小石川の大橋源之丞とやらいう旗本の屋敷に参上して、お登勢とかいうおなごからはなしを聞いて、貴公がゆうべ取り逃がした悪党の人相書きを描かせてきたんだぞ」

「なに、人相書きだと」

「おお、なにせ、お登勢というおなごはやつらの顔をよく見知っているということだったからな。例の谷中《やなか》に住んでいる川窪征次郎《かわくぼせいじろう》とかいう浮世絵師を思い出して連れていったわけよ」

「ああ、あの寿喜麿《すきまろ》先生なら絵筆の腕はたしかなものだ」

川窪征次郎は谷中の天王寺《てんのうじ》門前茶屋町《ちややまち》に住まいしている菱川《ひしかわ》派の絵師で元は歴《れっき》とした直参だったが、弟に家督《かとく》をゆずり絵師の道を選んだ変わり者である。

いまは菱川寿喜麿などというふざけた号を使い、枕絵を描いて口を糊してはいるが、人柄もよく、絵の筆力はなかなかのもので、平蔵は高名な浮世絵師の英《はなぶさ》一蝶《いっちょう》にも劣らないと評価している絵師である。

「あのひとの筆なら、まず、まちがいはなかろう」

「おお、それよ。お登勢というおなごもほんものそっくりに描けたとおどろいていたからな。ほら、見ろよ、これだ、これ……」

斧田は懐中から丁寧に折りたたんであった人相書きを数枚取り出し、膝前にひろげて見せた。

「ううむ、これは……」

川窪征次郎の人相書きは素描《そびよう》ながら見事に昨夜の暴漢の風貌をとらえている。

人相書きの一人はお登勢を拉致《らち》しようとしていた精悍《せいかん》な風貌の三十年配の男で、もう一人は平蔵に立ち向かってきた恐ろしく腕のたつ浪人者だった。

そして、もう一枚、鬢《びん》に白いものがまじっている商人らしい恰幅《かっぷく》のいい男の風貌が描かれていたが、平蔵に見覚えはなかった。

「どうだ。似ているかね」

「うむ。なにせ、アッという間だったからな。おれもこまかいところまでは覚えちゃいないが、この二人の人相書きはよくできているぞ。このとおりの風貌だったことはまちがいない。さすがは川窪どのだ」

「うむ。あのお登勢という女は武家の出だそうだが、つい先頃まで箱根の芦ノ湯で女中をしていたそうだ」

「ああ、その湯宿に来ていた音吉とかいう小間物屋といい仲になって江戸に出てきたばかりだといっておったな」

「うむ。折り目もただしいし、なかなか目端《めはし》のきく女でな。客商売をしていただけに一度でも泊まったことのある湯治客《とうじきやく》の顔はよく覚えているそうだ」

　斧田は精悍な風貌をしている商家の手代風の男の似顔絵をピンと指ではじいた。

「この男は、その「笹や」とかいう湯宿にいたときに投宿した二人連れの客の一人だったとお登勢はいっておる」

「ほう、つまり面《つら》を合わせたのはゆうべで二度目というわけだな」

「ああ、投宿したときは京の烏丸通りで呉服を商っている砧屋の手代の彦蔵だと名乗ったそうだが、なんの、こいつがとんだ食わせものでな。鏨《たがね》の彦蔵という二つ名をもつ盗賊の一味で、錠前破りの腕ききだそうだ」

「ふうむ……」

　斧田はあとの二人の似顔絵を畳の上に並べて平蔵にしめした。

「昨夜、あんたが刃《やいば》を合わせた浪人者は須川市之助とかいう男で、なんでも林崎夢想流という流派の遣い手だそうだぞ」

「ほう、こいつが須川だったのか……」

「あまり聞かん流派だが、おぬし、知っておるのか」

「ああ、当節の竹刀《しない》や木刀で稽古する道場剣術とはまるで異質の……柄《つか》に手をかけると瞬時に鯉口《こいぐち》を切り、初太刀《しょだち》で敵を斬《き》り捨てることを眼目にした剣法だそうだ」

「つまり、居合いか……」

「ま、早くいえばそうだが、戦国のころ羽州《うしゅう》（山形）で発祥《はっしょう》した古流で、初太刀で仕留められなければ、斬撃《ざんげき》と刺突《しとつ》をたたみかけて相手を斃《たお》すまで手をゆるめないそうだ」

「ほう……」

「いうならば斃すか、斃されるかの二つにひとつというのを眼目にしている実践的な剣法らしいな」

「ふうむ。斃すか、斃されるか、か……なんともモノ凄《すさ》まじい剣法だの」

「うむ。あやつと立ち向かうには、おれも相当の覚悟がいるだろうよ」

「ちっちっちっちっ……」

斧田は肩をすくめて舌打ちすると、須川市之助の似顔絵を見つめた。

「そんな物騒なやつには金輪際《こんりんざい》出くわしとうはないもんだの」

「とはいえ、この須川市之助が鬼火の吉兵衛とかいう盗賊の一味で、江戸に出てきたとなると、町奉行所もかかわらずに頬っかぶりをきめこむわけにはいかんぞ」

「そのことよ……」

斧田は残った三枚目の人相書きを平蔵の膝前におしだした。

「鬼火の吉兵衛という頭目はこやつらしい」

斧田が指さした男は、お登勢によると、芦ノ湯に彦蔵を供に従えて泊まったさい、砧屋の主《あるじ》の吉兵衛と名乗ったという。

茶を淹《い》れてきた篠が、かたわらから似顔絵をのぞきこんだ。

「ま、このひとが……盗人《ぬすっと》の親分なんですか」

篠はしげしげと人相書きを見つめて、小首をかしげた。

「でも、なにやら優しげな大店《おおだな》のご主人のように見えますすけれど」

「ふふふっ、ご新造もお登勢とおなじですな。どうも、おなごは見てくれと銭に弱いようで困る」

「あら、ひどい……わたくしは、そんな」

「いやいや、図星よ。なにしろ、おまえは金払いのいい患者と悪い患者では愛想笑いもだいぶ違うからの」

「ちょっと、おまえさま……」

「ははは、お登勢というおなごもおなじでしてな。こいつに気前よくポンと二分も心付けをはずんでもらって、臀《しり》を撫《な》でられながら口説かれたそうですぞ」

「あら、ずうずうしい……」

「ふふふ、ご新造とて、神谷どのに臀を撫でられた口ではござらんか。ン」

「え……」

「ははは、なに、臀で書くのの字は筆の遣いようともうしますからな。こやつはよほどおなごのあつかいように手馴れているらしく、お登勢も、つい、その気になりかけたともうしておりましたぞ」

「ま……いやな」

「なに、おなごのいやいやはあてにはならんものと、むかしから相場はきまっておる」

にやりとした平蔵の尻馬に斧田がすかさずのってきた。

「そうそう、おなごのいやよいやよはいいのうち……」

「もう、存じませぬ……」

篠はツンとして二人を尻目に、さっさと台所に引き上げていった。

「おい。どうやら、あとでご新造からこっぴどくとっちめられそうだな」

「なにをぬかす。あんたとは女房の仕込み方がちがう」

「どうだか怪しいもんよ」

「そんなことより、この林崎夢想流が一味にいるとなると、こやつらは並大抵の盗賊じゃなさそうだぞ。火盗改《かとうあらため》の手を借りたほうがいいんじゃないのか」

「よしてくれ。あんな横柄な旗本風をふかすやつらの手を借りるくらいなら町方同心などやめちまったほうがましだ」

「ふふふ、相変わらず火盗改とは犬猿の仲らしいな」

「あたりまえだ。なにせ、連中はちょいと臭いと目をつけたら四の五もなしにひっとらえて石を抱かせたり、血泡を吹くまでぶちのめし、下手人《げしゆにん》に仕立ててあげちまう。ろくに詮議《せんぎ》もなしで首を刎《は》ねる」

斧田は口をひんまげた。

「ま、鬼勘解由《おにかげゆ》のやり口をいまだに踏襲しておる手合いだ」

「うむ。じっくり、じわりと網をひろげて絞りこんでいくのが、あんたの捕り物の手口だからな」

「ああ。手ぬるいといわれようが、無実の者を牢《ろう》にぶちこむのは性にあわん」

「たしかに鬼勘解由のやり口は目にあまるものがあったと聞いている」

平蔵、深ぶかとうなずいた。

三

鬼勘解由というのは天和《てんな》から貞享《じょうきょう》年間にかけて、火盗改役の頭領を引き受けていた中山《なかやま》勘解由のことである。

このころは水野《みずの》十郎左衛門《じゅうろうざえもん》を頭領とする旗本奴《はたもとやっこ》をはじめ、六方男伊達《ろっぽうおとこだて》と称する無法者が横行し、富裕な商人を強請《ゆす》るわ、見目よい女は屋敷に引きずりこんで犯すわで、とても町奉行所の同心では手に負えなくなっていた。

中山勘解由は公儀の命を受けるや、ただちに祖先伝来の仏壇を壊して、数珠《じゅず》をひきちぎり、もはや今よりは慈悲心はかなぐり捨て、羅刹《らせつ》の鬼と化すと誓ったという。

勘解由の六方者討滅は微塵《みじん》の容赦もない苛烈《かれつ》なもので、そのため無法者は影をひそめたが、凄まじい拷問《ごうもん》のために無実の者が数多く首を刎ねられるという悲劇も生まれたと聞いている。

平蔵は腕組みして、うなずいた。

「あんたのいうとおり悪党を厳しく罰するのはいいが、無実の者を罪人にしては天下の御法とはいえぬ。じっくり、じんわりのあんたのやり口がいい」

「ふふっ、今日はバカにもちあげてくれるじゃないか」

「なにをいうか。おれはいつだって斧田晋吾の片棒を担いできたつもりだぞ」

「どうだね。いっそのことたいして儲《もう》からん町医者なんぞやめちまって、奉行所にはいらんか。兄者《あにじゃ》の口利きがあれば同心どころか与力ぐらいにはなれるだろうぜ」

「また、それか……」

「なんといっても、あんたはやっとうの腕はたつし、町方暮らしも長いから人情の機微にも通じておる。大身旗本や大名からの役中頼みだけでも蔵が建つこと請け合いだぞ」

斧田はなにかというと、平蔵を相棒に担ぎだしたがる。

「いや、血筋がいいから与力はまちがいないだろうな」

斧田は台所の篠をちらっと見やって声をひそめた。

「与力ともなりゃ二百石の扶持《ふち》に役料が三十石と手当が二十両、屋敷は三百坪もある。おまけにお忍びでちょいと花街に飲みにいってみろい。綺麗どころが裾《すそ》っからげで寄ってくるってもんよ」

「ふふ、ずいぶんと結構なご身分だな。しかし、せっかくだが、おれは役人になるくらいなら神谷の屋敷を飛び出したりはせん。いまのまんまが性分にあってい るさ」

「ちっ、またふられたか……」

斧田は十手《じって》で肩をポンとたたいた。

「まぁ、町医者稼業で食っていけりゃ結構だがな」

「なにが結構なもんか。あんたみたいに巻き羽織で雪駄をちゃらちゃらさせて市中をまわってるほうが気楽なもんじゃないか」

「馬鹿いえ。一生出世に縁はなし、役所じゃ与力にこき使われ、家に帰りゃ口うるさい女房の機嫌もとらなきゃならん。どこが気楽なもんか」

「ふふふ、所詮《しょせん》、男なんぞはおなごという蜘蛛《くも》の網にかかる虫のようなものらしいぞ」

「ほう、あんたらしくないことをいうじゃないか」

「ま、こいつは菊坂町で柔術の道場をひらいている峪田弥平治どのというおひとから聞いた受け売りだがね」

「ああ、あのおひとか。おれも会ってきたが、道場主とは思えぬ気さくなおひとだな」

「うむ。なかなかの苦労人だよ」

「ま、女房が蜘蛛みたいなもんだというのは、言い得て妙かも知れん。なにせ、うちのやつも近頃は太鼓腹《たいこばら》かかえて亭主を食い物にしていやがる」

「そうぼやくな。種を仕込んだ張本人はあんたじゃないか」

「ちっ！　それをいうな、それを……」

「ふふふ、それより、あのお登勢という女の亭主はほんとうに旅まわりの小間物売りなのかね」

「そいつは怪しいもんだ。やけに裏街道のことを知りすぎているところをみると、旅商いを隠《かく》れ蓑《みの》にしているコソ泥のたぐいかも知れんが、ま、いまのところは詮索《せんさく》することもなかろうよ」

斧田はニヤリと片目をつむると、似顔絵を懐中にねじこんで腰をあげた。

「おれは鬼勘解由じゃない。なにせ、おれは受け持ちの見回り先じゃ仏《ほとけ》の斧田で通っているんだぜ」

「ふふふ、仏が聞いたら呆《あき》れて腰をぬかすんじゃないか」

「なにをぬかしやがる」

「あら、もうお帰りですの。このあいだ駿河台のお屋敷からいただいてきた羊羹《ようかん》をおもちしましたのよ」

「おっ、それはかたじけない……」

立ったままでひょいと皿から羊羹をつまみ、口にほうりこんだ。

「ううむ、これは至極の美味……」

篠が厚切りにしてきた羊羹をもぐもぐしつつ、片手拝みしてちゃっかりと平蔵のぶんの羊羹をつまむと懐紙《かいし》に包んで懐にねじこみ、にやりとした。

「酒もよいが、甘いものもまたよし、はっはっはっ……いや、馳走《ちそう》になった」

くるっと羽織の裾を巻きあげると、さっさと上がり框に向かった。

「あやつ、ご新造の土産《みやげ》にもって帰るつもりだな」

「ま、それじゃ、切った羊羹では失礼ですわね……」

篠は小走りに斧田のあとを追いかけた。

どうやらもらってきた二棹《さお》の羊羹の一棹を持たせるつもりらしい。

気前のいいのはいいが、おかげで平蔵はせっかく嫂《あによめ》の幾乃からせしめてきた羊羹を食いっぱぐれることになりそうだ。

四

――その日の午後。

平蔵は昼飯を食うと、身支度をととのえて駿河台に向かった。

篠がいうとおり、忠之は峪田道場の女武道、織絵に恋着しているような気がする。

しかし、武家の縁談は本人の気持ちよりも家格の釣り合いや、親の意向が優先するものと相場はきまっている。

家格からいえば神谷家が千八百石の譜代旗本で、忠利が目付という要職にあるのにくらべて大橋家は禄高《ろくだか》五百八十石で、大番組配下という家格に差がある。

しかも、兄の忠利はすでに老中の口利きという結構な縁談を快諾してしまったあとだ。

堅物の兄が老中の意向に逆らってまで、忠之と織絵の縁組を承諾するのは至難のことだと思わざるをえない。

唯一、頼みの綱は嫂の幾乃だが、ものわかりがいいといっても、幾乃も武家の出だから限界があるはずだ。

――こいつは、ひと悶着《もんちゃく》あるのは必至だろうな……。

平蔵は思わず太い溜息をついた。

駿河台の屋敷の門をくぐると竹箒《たけぼうき》で庭の落ち葉を掃き寄せていた市助がいそいそと駆け寄ってきた。

「奥方さまが、昨日から首を長くしてぼっちゃまをお待ちかねでございますよ」

「うむうむ、わかっておる……忠之は出かけておるのか」

「はい。とうにいそいそと菊坂町の道場にまいられておりまする」

「ふうむ。いそいそと、か……」

――あやつめ、どうやら、おれに下駄をあずけておいて、気楽におんぶにだっこの気分らしい……。

苦笑いしながら女中に案内されて奥座敷に通されると、待ちかねたように幾乃が顔を見せた。

平蔵はあくまでも推測ですが、と断ったうえで、忠之が峪田道場に熱心に通いつめているのは柔術の稽古もあるが、代稽古をつとめている大橋織絵という娘に想いを寄せているふしがあると幾乃に伝えた。

「ま、それでは忠之が三年ものあいだ柔術の道場に熱心に通うているのはその娘御《むすめご》のためだともうすのかえ……」

　平蔵からあらかたを聞いた幾乃が、目を瞠《みは》って膝を乗りだした。

「い、いや……ただ、そうではあるまいかという、これはあくまでも手前の当て推量にすぎませぬが」

　平蔵は急いで弁明したが、

「いいえ。おそらく、そなたのもうすとおりに相違ありませぬ」

　幾乃は満足そうに深ぶかとうなずいた。

「あの忠之が柔術の道場に通うといいだしたときから、なにかわけがあるのではないかと思っておりましたもの」

「しかし、嫂上《あねうえ》、それがしの早合点《はやがてん》ということもなきにしもあらずゆえ……」

「なんの、おそらくそなたの見たとおりにちがいないと思いますよ。そうでのうては、あの忠之が三年も熱心に道場通いをつづけるとは思えませぬもの」

　幾乃はきっぱりと断定した。

「い、いや、まだ忠之の意向をたしかめたわけではありませぬゆえ……」

「いいえ、あの生真面目《きまじめ》な忠之がいくら道場の仲間とはいえ、おなごと深夜まで酒席に同席して膝をならべて楽しげに語りおうなどよほどのことですよ」

「しかも、その娘御を庇《かば》い、刀を抜いて曲者《くせもの》に立ち向かったというではありませんか」

「は、ま……たしかに」

「は……い、いや、あんな頼もしい忠之を見たのは初めてでした」

おかげで、平蔵としてはハラハラものだったが、それをいっては身も蓋《ふた》もない。

ここは忠之を目一杯、持ち上げておくにかぎる。

「しかも、曲者が刃物を手に襲いかかってくるところを微塵も怯《ひる》むことなく払いのけたあたりは頼もしいかぎりでしたぞ」

「おお、あの忠之がのう……」

幾乃はおおきくうなずいて早くも声を潤《うる》ませている。

「おおかた、よほどに、その娘御を大事に思うてのことであろうな」

「は、いかにも……凜々《りり》しい若武者ぶりでございました」

「なんと健気《けなげ》ではないか。のう、平蔵……」

「さよう……」

平蔵はもっともらしくうなずいた。

「とても、はじめて修羅場《しゅらば》に出くわしたとは思えぬ落ち着きぶりでしたな」

いささか気がさすが、ここはあくまで幇間《たいこもち》に徹することにした。

「まさしく安宅《あたか》の関で義経公《よしつねこう》を身をもって庇おうとした武蔵坊弁慶《むさしぼうべんけい》さながらの雄々《おお》しさでございましたな」

弁慶はちと言い過ぎだったかなと内心忸怩《じくじ》たるものがあったが、幾乃は我が意を得たりというように満足そうにうなずいた。

「忠之は平蔵の甥《おい》ゆえ、その血を色濃く受け継いでいるのやも知れませぬな」

「い、いや、それは……」

これには平蔵も絶句したが、幾乃の思い込みはとどまるところがない。

「いいえ、きっと、そうですよ。言い出したら頑《がん》としてきかぬところや、好いたおなごができても親には素知らぬふりをしているところなど、そなたにそっくりです」

「は……」

「そういえば、あの子はちいさいころから一途《いちず》なところのある子でした。そうですか、そのように思いつめていたとは……」

「…………」

もはや、なにをかいわんやだ、と平蔵は抗弁するのをあきらめた。

むかしから幾乃はものわかりがいい反面、自分の思い込みを独り合点で押し通す強引なところがある。

ともあれ、いまのところ、幾乃の思い込みにのっかっておくほうが平蔵にとっても忠之にとっても都合がよさそうだ。

「その織絵どのとやらのお家は歴としたお旗本の家柄で、禄高は五百八十石、父御どのは大番組だとか……」

「いかにも、そう聞いておりますが」

「それなら申し分ありませぬな……」

幾乃は好ましげにうなずいた。

「あまり高禄のお家から嫁をもろうては親戚づきあいも何かとわずらわしいし、かというて、扶持取りの御家人の娘御では忠利どのの体面にもかかわりますからね」

「は、たしかに……」

うっかり鸚鵡《おうむ》返《がえ》しにうなずきかけて平蔵は狼狽《ろうばい》した。

「い、いや、嫂上。まだ、忠之の真意をしかとたしかめたわけではござらん。先走りなされてはどうかと思いますぞ」

「ええ、ええ、それくらいのことはわかっておりますとも……」

幾乃は平然としてほほえみかえした。

「そなたが案じることはない。あとあとのことはわたくしにまかせておくがよい。けっして悪いようにはいたしませぬゆえな」

でんと構えたあたりは長年、神谷家の内所を一人で切り盛りしてきた奥方の貫禄たっぷりだった。

「それにしても、そなたのはなしによれば、その織絵どのという娘御は気丈《きじよう》なうえに立ち居振る舞いもよし、お家柄も神谷家の嫁としても申し分ありませぬな。このはなし、是が非でもまとめてあげますよ」

満足げにうなずいた。

――ちっ、嫂上もようもうされるわ。

平蔵が波津や篠を娶《めと》ることを幾乃に伝えたとき、家柄などはどうでもよい、嫁は気立てがよくて躾《しつけ》ができていればいいうことはないといったのは当の幾乃である。

この違いようはなんなんだとつい臍《へそ》を曲げたくもなったが、そこが実の息子と、神谷家の厄介叔父だった平蔵との差なのだろう。

どちらにしろ、あとは幾乃の裁量にまかせるしかない。

ここから先は平蔵の預かり知らぬことである。

――ま、あとは野となれ山となれ……だ。

そうそうに退散することにした。

五

お登勢は襷《たすき》がけになって、障子の桟《さん》を手拭《てぬぐ》いでせっせと空拭きしていた。

緑高五百八十石、大橋源之丞の拝領屋敷の敷地は［笹や］の何倍もある広いもので、瓦葺《かわらぶ》きの母屋《おもや》には大広間をふくめていくつもの部屋がある。

そのほかに家士や小者の長屋、馬房もあって、築山《つきやま》もあれば蔵がいくつもあり、青葉を茂らせている防災用の常緑樹が鬱蒼《うっそう》と聳《そび》えている。

ここの姫君の織絵にざっと案内してもらったが、うろうろしていると迷子になりそうな気がした。

お登勢にあたえられたのは屋敷の東南にある八畳間だった。

かつては乳母《うば》をしていたひとの居室だったということだが、一間《いっけん》の押し入れに半間の床の間と違い棚までついている。

庭に面した障子窓からは明るい陽がさしかけ、北風も吹きつけてはこない。三度の食事は台所の板の間で女中たちといっしょに食べるが、夜は風呂にも入れるし、夜具は押し入れから出して敷くだけで、これという仕事はしないでいいといわれた。

殿さまの大橋源之丞はかつては佐治一竿斎の道場で切り紙とやらをとった剣士で、織絵の兄の源一郎《げんいちろう》は冨田流の免許取りだということだが、とてもそんなふうには見えない優しい人柄だった。

十数人いる家士も屋敷内の庭で源一郎から毎日稽古をつけてもらっているし、女中も何人かは交代で峪田道場に通い柔術の稽古をしているらしい。

「ここにいれば盗賊などに狙われる気遣いはいりませぬ」

そういって織絵はほほえんだ。

とはいえ、お登勢はあてがわれた八畳の部屋に座って一日中じっとしている気にはなれなかった。

「笹や」に奉公していたときも起きてから寝るまで一日中、なにかしらしている癖《くせ》が身についてしまっているうえ、なにもしないでいると不安で、いたたまれなくなってくる。

その不安を忘れるためにも、お登勢は部屋の前の廊下を雑巾《ぞうきん》がけしたり、床の間や違い棚を磨いたり、障子の桟を隅ずみまで空拭きしたりしているのだ。

——それにしても……、

音吉はいまごろ、どこでなにをしているのだろう。

お登勢は空拭きの手をやすめて、遠い目になった。

お登勢が音吉とともに江戸に出てきて、もう二十日ほどになる。

毎夜のようにお登勢の肌身を愛撫してくれていた音吉がいなくなってみると、なにやら躰の芯が疼《うず》いて、眠れなくなる。

——おまえさん、お金なんかどうだっていい。早く戻ってきておくれ……。

お登勢が両腕で胸をぎゅっとしめつけたとき、土蔵のほうから鋭いヤ声《ごえ》が響いてきた。

いつものように織絵の兄の源一郎が家士たちに稽古をつけはじめたのだ。

これまでも源一郎たちの稽古をこっそりのぞきにいっていた。

小田原の城下にいたころも、近くの道場の窓から野次馬にまじって稽古をのぞいたことがあった。

お登勢は中津山にいたころから躰も大きく負けず嫌いで、男の子と取っ組み合いの喧嘩《けんか》をしても負けたことがなかった。

亡くなった母はこのままでは嫁の貰《もら》い手もなくなりますと嘆いていたが、父は逆にお登勢が男であったらとこぼしていた。

母が亡くなり、父が浪人し、小田原に転居して数年が過ぎると、躰つきも丸みをおびて、月のものを見るようになったお登勢はめっきりおなごらしくなってきた。

蛹《さなぎ》が蝶《ちょう》になるようにお登勢も女に変貌していったのである。

父が雇った女中が武家の出で、その挙措《きょそ》や立ち居振る舞いが亡き母にそっくりだったため、お登勢はよくなついて見習うようになった。

裁縫を覚え、食事のつくりかたも教わっているうち、お登勢は父がおどろくほど女らしくなっていった。

お登勢は武家に嫁《とつ》ぎたかったが、父は武家の嫁になるのはおなごの幸せにはならないと思っていたらしく、世話する人の勧めるままに左官職人の嫁にだしたのである。

その父の思惑が裏目に出て、結局は離縁する羽目になったが、浪人者があふれている世の中を見ていると、父の判断は決してまちがってはいなかったという気がした。

しかしながら、この大橋家のひとびとや、峪田弥平治、神谷平蔵などを知ってみると、武士らしい武士には町人にはかなわない何か毅然《きぜん》とした人品が備わっているような気がするようになった。

織絵を見ても、町家の女には及びもつかない気品と、挙措が備わっている。かといって、いまさら武家の女にはもどれないこともわかっている。

ただ、源一郎が家士を相手に稽古をつけているのを一度見てからは、鋭いヤ声や、竹刀を打ち合う音を耳にすると、どういうわけか、お登勢はじっとしていられなくなるのだった。

お登勢は廊下に出ると、庭を掃除するときに使う下駄をつっかけて土蔵のほうにまわってみた。

いつものとおり白壁の土蔵が二棟並んでいる前の広い空き地で、家士の一人が二尺三寸余（七十センチ）の竹刀を手に源一郎に稽古をつけてもらっていた。一方、源一郎のほうは風呂場の焚《た》きつけに使う一尺五寸余（四十五センチ）にもみたない薪《まき》を片手に構えているだけである。

家士は頭に鉢金《はちがね》をつけ、竹胴と皮籠手《かわごて》をつけていたが、源一郎は防具は何ひとつつけていなかった。

たとえ竹刀といえどもあたったらどうなるのだろうと心配になるが、これまで源一郎が打ち込まれるところをお登勢は一度も見たことがない。

家士のほうは竹刀をふりかざし、満面を朱に染めてヤ声をあげながら打ち込もうとしているにもかかわらず、一歩踏み出しかけては踏みとどまってしまう。

しばらくするうち、源一郎が構えていた薪をすっと斜め下におろした。

それを見て家士が猛然とヤ声をあげて打ち込んでいった。

──あ……。

お登勢が息を飲んだ瞬間、源一郎はスッと家士の内懐に入りこんだかと思うと、その肩口に薪をぴたりと寸止めにした。

「うっ……」

棒立ちになった家士は竹刀をおろし、深ぶかと一礼した。

「ま、まいりました！」

見ていたお登勢には、なにがなんだかわからなかった。

「なんの、ひところよりはずんと腕をあげたぞ。おれが構えをはずす前に一歩踏み込んでこれるようになればひと皮むけよう」

「は、はい……」

家士は腰にさげていた手拭いで満面に吹き出してくる汗を拭って首をかしげた。

「それが……なかなか」

「なに、その、なかなかがわかるようになっただけでも、たいしたものよ」

源一郎は笑いながら家士の肩をたたくと、お登勢のほうをふりむいた。

「そなた、稽古に興味があるらしいの」

「い、いいえ、そんな……ただ、みなさまの稽古をなさっている声を聞きますと、なにやら清々しい気がいたしまして……」

「ほう……」

源一郎はじっとお登勢を見つめた。

「峪田どのからうかがったところによると、そちは武家の出だそうだな」

「は、はい。父は中津山藩に仕えておりましたが、お殿様が御旗本と諍《いさか》いをなさり、ご公儀からお咎《とが》めを受けられたとかで禄を離れて浪人したと聞いております」

「ふうむ、やはり血は争えぬものだの。織絵とおなじような目をしておるわ」

「は……」

「どうだ。そなた、剣術の稽古をしてみてはどうだ」

「滅相《めっそう》もございませぬ」

「なんの、目は嘘をつかぬ。稽古を見ているそちの目はキラキラとしておったぞ」

源一郎は家士の手から竹刀を受け取ると、無造作にお登勢にさしだした。

「これを振ってみろ」

「え……」

「なにも考えなくていい。ただふりあげて、そのまま無心にふりおろせばいい」

「は、はい」

お登勢は戸惑いながら竹刀の柄を手にとってみた。

「よいか、右手を前に、左手は拳《こぶし》ひとつあけて……」

源一郎はお登勢の手に自分の手を添えて、竹刀の持ち方を教えてくれた。

源一郎は見た目はすらりとした長身で華奢《きやしや》に見えるが、腕も手指も骨太で掌もごつい。

その掌で手をつかみとられた瞬間、お登勢はわれにもなく胸の鼓動が高まって、全身がこわばってしまった。

「そう堅くならんでよい。肩のちからを抜いて、ゆっくりと竹刀をふりあげ、ただ無心にふりおろす……それだけだ」

「はい……」

お登勢は着物の袖《そで》をたくしあげ、襷がけにすると、源一郎に教えられたままに竹刀を素直にふりあげ、えいっと思うさまふりおろした。

「ほう……足の踏みだしもなかなかいい。なによりも竹刀に振り負けていないのはたいしたものだ」

源一郎は深ぶかとうなずいた。

「そなた、おなごにしては上背がある。子供のころは男の悪餓鬼《わるがき》とも取っ組み合いの喧嘩をしたのではないか。ン？」

「は、はい……」

お登勢は真っ赤になって身をすくめた。

「ははは……よいよい。織絵とよう似ておるわ」

「え……」

「ふふふ、ここにおる家士たちも織絵に追い回されて往生したものよ。のう、進之助《しんのすけ》」

「はい。まさかに織絵さまと相撲《すもう》をとるわけにもまいりませぬゆえ、ほとほと閉口いたしました」

さきほど源一郎に稽古をつけてもらっていた進之助という家士が笑顔でうなず

いた。

「おなごも身を守る術《すべ》をつけておくに越したことはない。織絵は柔術をえらんだが、そなたも、しばらく剣術の稽古でもしてみてはどうだな」

「よ、よろしいのですか」

「よいとも、すこし剣術の心得を身につければ、これ、このように薪ざっぽう一本あれば刀をもたずとも身を守ることができる」

「は、はい」

「どうだ。やってみるか」

「お願いいたします」

お登勢の顔が喜色にかがやいた。

過日、夜道で鬚《たがね》の彦蔵に手取り足取りされて拉致《らち》されかけたとき、神谷平蔵という剣士に危ういところを助けられたことを思いうかべた。

もし、お登勢に武芸の嗜《たしな》みがすこしでもあればと思う。

「ならばよし、まずは竹刀の素振りからはじめてみよ。進之助、そちの竹刀をお登勢にくれてやれ」

「は、かしこまりました」

進之助がにこやかにお登勢に竹刀をさしだした。

「がんばれよ。若殿がああもうされているのだ。しっかり稽古をつけてもらうことだ」

「ありがとうございます」

お登勢は頬を紅潮させて竹刀を押しいただいた。

「まずは日に竹刀の素振り百回。それが楽に振れるようになれば木刀の素振りを百回だ。どうだ、できるかな」

「はい」

お登勢はおおきくうなずいた。

六

——その日。

篠は坂下に買い物にでかけたついでに、かつて住んでいた銀杏長屋の隣人で、大工をしている吾助《ごすけ》の女房のおうめの住まいに立ち寄り、連れだって団子坂名物の団子屋に立ち寄った。

この店の女中たちは二人とも顔なじみで、一皿の団子とお茶だけでいくら長尻をしていても、だれも嫌な顔ひとつしない。

所帯のやりくりから、亭主の愚痴《ぐち》や惚気《のろけ》まで女同士の話のタネはつきることがない。

客の絶え間には女中たちもくわわり、まるで井戸端会議のようになった。

その店先を手拭いで頬かむりした座禅豆《ざぜんまめ》売りの爺さんが天秤棒《てんびんぼう》に［座ぜん豆］と太筆書きした木箱を担いで呼び声を張りあげながら通りかかった。

～菜づけぇ、金山寺《きんざんじ》ぃ、諸味《もろみ》ぃ、こってり甘ぁい座ぜん豆はいらんかねぇ～

座禅豆は黒豆を甘く煮染めたもので、禅宗の僧侶が座禅のとき小便に立たなくてすむというので食したものだそうだ。

効き目のほどはあてにならないが、甘いもの好きの女房たちには人気がある。

「あら、座禅豆ならお茶うけにちょうどいいわね」

おうめが腰をあげると茶店の女中から丼を借りて豆売りの爺さんを呼び止めた。

「へい、ありがとうごぜぇやす」

爺さんが愛想笑いをふりまいて木箱をおろし、杓子《しゃくし》で座禅豆をすくいとって、丼に山盛りにした。

「あら、ずいぶんおまけしてくれるわね」

「へへへ、おかみさんみたいなべっぴんさんには弱いもんでやすからね」

「ま、お爺さんたら口がうまいわねぇ」

おうめはぴしゃりと爺さんの背中をたたいてふりむいた。

「きっと、お篠さんならもっとおまけしてくれるわよ。買ったげなさいよ」

「もう、おうめさんたら、おだてられるとすぐそれなんだから……」

篠は笑いながら腰をあげた。

「わたしは諸味味噌《みそ》にするわ。うちのひとの酒のつまみにもなるし……」

「あら、ま、お篠さんたら、いつも旦那さんから頭がはなれないんだから」

おうめがピシャリと篠の肩をたたいて冷やかした。

「へぇえ。このおひとには旦那さんがおいでなんですかい。とても、そうは見えませんがねぇ……」

「だめよ。お爺さん、いくらよいしょしても……このひとの旦那さんはやっとうの名人なんだから、ちょっかいだしたりしたらバッサリやられちゃうよ」

「と、とんでもねぇこって……」

その茶店の前を一人の虚無僧《こむそう》が尺八を吹きながらゆっくりと通りすぎていった。

冬空に尺八がもの悲しい余韻をしんみりと残しつつ遠ざかっていった。

七

——四半刻（三十分）後。

団子坂からほど近い谷中の天王寺境内《けいだい》に瘡守稲荷《かさもりいなり》がある。その脇にこんもり茂った木犀《もくせい》の木陰に腰をおろして休んでいる虚無僧のところに座禅豆売りの爺さんがやってきた。

「おい。友造《ともぞう》、座禅豆売りもなかなか板についているな」

深編み笠の下から鬼火の吉兵衛が声をかけてきた。

「へへへ、昔とった杵柄《きねづか》でさ」

荷をおろすと腰にさしていた鉈豆煙管《なたまめギセル》を抜いて口にくわえ、莨入《タバコ》れから器用に刻み莨をつまんで火皿に詰めると火打ち石を叩いて莨に火を吸いつけた。

「お頭《かしら》の尺八もなかなか堂にいったものでござんすね」

「ふふっ、おれの母親はぼろんじの隠し女だったから、ま、この尺八はおやじの形見みてえなものよ」

吉兵衛はホロ苦い目になって手の尺八を見つめた。

虚無僧は普化宗《ふけしゅう》の僧侶で、俗にぼろんじとも呼ばれているが、言い伝えによると楠木正成《くすのきまさしげ》の後胤《こういん》が出家し、虚無と号したのが始まりだともいわれている。

髪をおろすこともなく、深編み笠をかぶり、絹布《けんぷ》の小袖に丸ぐけの帯を締め、袈裟《けさ》をつけて刀を帯びることを許されているうえ、尺八を吹いて門付けをしては、布施《ふせ》の銭を報謝としてもらい、諸国を行脚《あんぎゃ》して修行するならわしになっていた。

面体《めんてい》を隠すことができるため、敵《かたき》もちの侍にとっては格好の隠れ蓑になり、虚無僧になる者が結構いるらしい。

「餓鬼のころはこの尺八が遊び道具でな。喧嘩道具にもよく使ったものさ」

「その尺八が今じゃ隠れ蓑にゃもってこいの道具になりやしたね」

「ふふふ、なにせ、こっちの人相書きが町方に出回ってしまったからな。だが、この深編み笠と袈裟がありゃ大手をふって市中を出歩ける。ぼろんじさまさまよ」

「へへへ、芸は身を助けるってやつですね」

「ああ、おまえの座禅豆売りとおんなじよ」

「ま、長屋の女房相手でやすからね。気楽といや気楽なもんでさぁ」

「さっき、坂下の団子屋で諸味を買った女がいただろう」

「へい……長屋の女房にしちゃ小股のきれあがった、ちょいと乙《おつ》な年増《としま》でやしたね」

「あれが、神谷平蔵の恋女房よ」

「へえ、いっしょにいた長屋の女房から聞きましたよ……」

友造はくわえ煙管からぷかりと紫煙をくゆらせながら、にやりとした。

「ありゃ、ちょいとしめると、いい音色でさえずりそうですね」

「いいか、あの女の父親は黒鍬組《くろくわぐみ》の配下で御小人《おこびと》目付に抜擢《ばってき》された男だ。下手《へた》にちょっかい出したら黒鍬組の連中に目の色変えて追い回される羽目になるぞ」

「へっ！　そいつはやべえや。黒鍬組といいや、腕っこきの忍びの者もいやがるから、命がいくつあっても足りやしませんね」

「ふふふ、そこをなんとかするのが乙坂《おとさか》の友造だろうが」

「へへへ、わかってやすよ」

ちらっと坂下のほうを目でしゃくって、にんまりした。

「いい塩梅《あんばい》に左右は人気《ひとけ》のねぇ畑ですからね。炙《あぶ》りだすにゃもってこいでさ」

「ま、そこんとこはおまえにまかせる。なんたって例の大仕事が片づくまでは神谷平蔵なんてぇ剣術遣いにうろちょろされたかねぇからな。そのあとの始末は須川先生にまかせておけばいい」

「へえ。けど、あの先生も気まぐれとんぼでやすからねぇ」

「いいってことよ。あの先生の使い道はやっとうの腕だけでいい。どうやら神谷平蔵という男はおれたちの手には負えねぇやつらしいからな。こっちの邪魔だてされねぇように須川先生をうまくけしかけりゃいい」

吉兵衛は深編み笠を目深にかぶりなおすと腰をあげた。

「おまえは神谷平蔵がよけいなちょっかいを出す暇がないようにきりきり舞いさせることだ。うまくいったら分け前はたっぷりはずんでやる」

「わかりやした」

乙坂の友造がポンと胸をたたいた。

「あとは風向きしでぇですね」

「向島《むこうじま》のほうもうまく始末しろよ」

「合点でさ。あの界隈《かいわい》は隅田《すみだ》の川風がありやすからね。楽なもんですよ」

「ふふふ……」

「それにしても、お頭と彦蔵さんの人相がどうして割れちまったんですかね」

「箱根に「笹や」ってぇ湯宿がある。そこの女中におれがちょっかいをかけたのがまずかったようだ」

「ははぁ、それが、お登勢って女ですかい」

「うむ。おまけに、そのお登勢が音吉ってぇコソ泥とつるんでやがったらしい」

「音吉……」

「ああ、おれも知らなかったが、彦蔵が探りをいれたところによると、音吉ってのは旅まわりの小間物屋をしながら、はした金をちょろちょろあさっていた野郎だそうだ」

「へ、ちんけな野郎ですねぇ」

「ところが、おれがお登勢に手出ししようとしたのを知って、二人でまんまと江戸に駆け落ちしちまいやがった」

「へえぇ、お頭にしちゃ顔に泥をひっかけられたようなもんですねぇ」

友造がにやりとした。

「このまんまじゃ腹の虫がおさまらねぇでしょう」

「そうよ。女やちんぴらにコケにされて、おおそうかとほっとくわけにゃいかねえ。お登勢ってアマはかならずものにしてから女衒《ぜげん》にたたき売ってやる」

「音吉ってコソ泥はどう始末なさるんで」

「ふふふ、やつは大坂に預けてあった銭をかきあつめて江戸にもどってくるところだが、ま、あいつが江戸の土を踏むことはなかろうよ」

八

——お登勢のやつ、どうしてるかな……。

音吉は六郷《ろくごう》の渡し舟をおりると、東海道を鈴ケ森《すずがもり》に向かって足を早めた。

胴巻には大坂の堂島《どうじま》の近くにある寺の和尚《おしょう》に預けてあった坊主金がたんまりとはいっている。

江戸の浅草にある知り合いの寺や両替屋に預けておいた金をあわせれば七十両にはなるだろう。

深川か本所《ほんじょ》あたりの下町なら、間口一間半か二間ぐらいの小店《こだな》を手にいれて小間物屋を開くぐらいのことはできる。

女相手の小間物商売には自信がある。

京紅や、黄楊櫛《つげぐし》、簪《かんざし》の仕入れ先もきめておいた。

——なんたって小間物は上方物《かみがたもの》にかぎる。

江戸の女は上方物には目がないし、小間物は食い物とちがって腐る気遣いがない。

店売りはお登勢にまかせておいて音吉は担《にな》い売りもするつもりだ。

音吉は女のご機嫌をとることには自信があった。ことに小三十の年増は口先ひとつでどうにでもなるものだ。

男というものは所帯をもって二、三年もたつと、女房にも飽きてくるし、商いや仕事にかまけて外に目が向くようになる。

女房は子育てと家事に追われて亭主のあつかいも雑になる。男は外で遊ぶことができるが、女はそうはいかないから夫婦のあいだに隙間風が入りこむ。

亭主にかまってもらえなくなった女房、寡婦《やもめ》暮らしの女は、おだてかたひとつで財布の紐《ひも》をゆるめるものだ。

女はいくつになっても、若く見られたい、人から綺麗に見られたいという願望がある。

寡婦や、亭主と別れた独り身の女、浮気者の亭主をもった女は身をもてあましている。

そういう女には張り形をこっそり売りつけることもできるし、なかには張り形の使い方を教えているうちに味な気分になってひょんなことになることだって結構ある。

そんな女の相手をしてやれば、見返りに紅白粉《べにおしろい》も言い値で買ってくれる。四十過ぎの大年増などは、音吉が来るのを待ちかねて床急ぎするものもいる。

――けど、お登勢ほどの女はどこにもいやしねぇ。ああ、いやしねぇとも……。

音吉はにんまりしながら足を早めた。

――待ってろよ、お登勢、今夜はたっぷり可愛がってやるぜ……。

音吉は、並みの男が東海道を往復するのに二十日はたっぷりかかるところを十五日ですませられる韃脚をもっている。

鈴ヶ森から品川宿《しながわじゅく》まで一里の道のりを四半刻（三十分）ちょっとで歩ける足がある。

東海道の松並木を抜けて鈴ヶ森にさしかかると、彼方《かなた》に品川宿が見えてきた。

あいにくの曇り空で、今にもひと雨きそうな空模様だし、日の暮れも近い。

街道を行く人影もまばらだった。

――ま、ここまでくりゃ、江戸についたようなもんだ。

菊坂町の長屋にもどれば、当分はなんだかんだと忙しくなるだろう。

長旅の締めに品川女郎を一晩抱いてから帰るってのも乙なもんだな……。

根が風来坊の音吉はそんな気楽な算段をしながら、品川宿をめざした。

そのとき、松並木から深編み笠をかぶった上背のある浪人者がふらりと街道に出て近づいてきた。

黒の紋付きの着流しで雪駄履《ば》きという気楽な格好で、口に妻楊枝《つまようじ》をくわえている。

旅の浪人者ではなさそうだった。

――川崎宿《かわさきじゆく》あたりの浪人が品川の女郎屋で遊んでの帰りかな……。

何気なくすれ違いかけたとき、浪人者が編み笠の下から目をすくいあげると、気さくに声をかけてきた。

「おい。おまえは音吉じゃないか」

「へ？」

「箱根の［笹や］から女中を連れ出して駆け落ちしたそうだな」

「え……」

「ま、お登勢といっしょに三途《さんず》の川を渡ることだな」

「あ、あんた……」

へっぴり腰になって編み笠のなかの浪人者を見た瞬間、音吉の目が凍りついた。

「す、須川市之助……」

「ほう、おれの名前まで知っていたのか」

須川市之助の腰間から白刃《はくじん》が一閃《いっせん》したかと思うと、鞘走った白刃はすでに腰に収まっている。

音吉は棒立ちになったまま、しばらく身じろぎもせず立ちすくんでいたが、やがてゆっくりと路上に崩れ落ちていった。

須川市之助はふりむこうともせず、端唄《はうた》を口ずさみながらゆっくりと遠ざかっていった。

～雲となり　雨となるとき曇る声……

しばらくして通りかかった二人連れの旅人の一人が路上に俯《うつぶ》せになっている音吉を見て首をかしげ、声をかけようとした。

「よせよせ、行き倒れにかかわっちゃ面倒になるだけだぜ」

「それも、そうだな……」

二人連れの旅人はさっさと足早に通りすぎていった。

糸のような時雨《しぐれ》が、路上に突っ伏した音吉の背中を静かに濡らしはじめた。

第六章　深夜の襲撃

一

向島上木下川村《かみきねがわむら》に三輪庄右衛門《みのわしょうえもん》という大地主の屋敷がある。

葛飾郡《かつしかごおり》の大庄屋でもあり、公儀から苗字《みようじ》帯刀を許されている名家で、その資産ははかりしれないものがあるという。

なんでも紀州の吉宗公が将軍位に就《つ》かれたときは莫大な祝い金を献上したという噂《うわさ》も江戸市中でささやかれた。

千坪はあろうかという広大な敷地に建てられた屋敷のまわりは綾瀬川《あやせがわ》から引きこんだ水濠に囲まれている。

三輪家には茅葺《かやぶ》きの母屋《おもや》や使用人たちの長屋のほかに土蔵が二棟ある。

そのうちのひとつは米や味噌《みそ》、醬油《しょうゆ》、酒などを貯えてある蔵で、もうひとつは金蔵らしいという噂だがほんとうのことはだれも知らない。

家族は当主の六十二歳になる三輪庄右衛門と、その妻の朱江《あきえ》、長男の庄之助《しょうのすけ》、その妻の初江《はつえ》と孫の庄太《しょうた》、それに長女琴音《ことね》の六人である。

母屋に近い長屋には馬庭念流《まにわねんりゅう》の剣客、平賀新三郎《ひらがしんざぶろう》と妻の絹代《きぬよ》が住まいしている。

絹代は庄右衛門の遠縁にあたり、夫の平賀新三郎は禄高《ろくだか》百二十石の旗本の次男だったが、庄右衛門が新三郎の人柄と馬庭念流の腕を見込んで三輪家の執事に迎えたのである。

その日、平賀新三郎は夕食後から庄右衛門に囲碁《いご》に誘われた。

二人とも素人《しろうと》三段格の腕前で、囲碁がおもしろくてしかたがないところである。

打ち始めると夢中になって、時がたつのも忘れてしまう。

庄右衛門が囲碁部屋と呼んでいる十畳間には箱火鉢《はこひばち》があって、手あぶりの炭火のおかげで小春日和《こはるびより》のように暖かい。

妻や息子夫婦、娘と孫も夕食をすませて先に床についている。

三人いる女中たちは、お茶と霰煎餅《あられせんべい》をだしておいて先に休ませてしまった。

二人いる下男はとうに長屋に引き上げて眠っている。

ときおり鼠《ねずみ》が天井裏を這い回る音がかすかに聞こえるが、碁盤を挟んでいる二人の耳には入らないようすだ。

二

——そのころ……。

綾瀬川の岸辺に生い茂る芦《あし》をかきわけて二隻の上荷船《うわにぶね》が正覚寺《しょうかくじ》近くの橋の袂《たもと》に接岸し、舫《もや》い綱を舟泊めの杭《くい》に繋《つな》いだ。

黒装束に身を固めた二十人余の鬼火の吉兵衛一味が音もなく上荷船からおりると、疾風《はやて》のように三輪家の裏門に向かった。

一人が鉤縄《かぎなわ》を屋敷内の松の古木にからませて、土塀を乗り越え、脇門の戸をあけると、鬼火の一味は苦もなく屋敷内につぎつぎに消えていった。

屋敷内は深閑《しんかん》として静まりかえっている。

「彦蔵。蔵の鍵はまかせたぞ」

吉兵衛が鏨《たがね》の彦蔵をかえりみると、低い声でささやいた。

「わかりやした」

「どれぐらいかかりそうだ」

「なぁに、たかが田舎の庄屋の土蔵だ。四半刻（三十分）とかかりゃしませんよ」

「よし、頼んだぞ」

「新吉《しんきち》、ついてこい」

かたわらの男を目でうながすと、彦蔵は暗夜のなかにほの見える白壁に向かってするすると消えていった。

「先生の相手は奥の座敷にいるはずだ。頼みましたぜ」

吉兵衛がかたわらの山岡頭巾《やまおかずきん》をかぶった須川市之助をかえりみた。

須川市之助は懐手《ふところで》のままうなずくと、ゆっくりと庭の枝折《しお》り戸に向かった。

「よし、あとの者はおれについてこい」

吉兵衛が片手をふってうながした。

二

もう子《ね》の刻（十二時）はとうに過ぎていたが、三輪庄右衛門と平賀新三郎は碁盤の前で烏鷺《うろ》の勝負に余念がなかった。

丸行灯《まるあんどん》の灯りが二人が対峙《たいじ》している盤面を静かに照らしている。

盤面は白番の庄右衛門の大石《たいせき》に目がなく、死中に活路をもとめているところだった。

もし、白の大石が生きれば庄右衛門の勝ちがきまるという瀬戸際である。

黒番の平賀新三郎は勝勢を確信しているらしく、笑みを浮かべて湯飲みの茶をすすっていた。

――そのとき……。

深閑と寝静まった夜陰《やいん》のしじまを破り、かすかな女の悲鳴が伝わってきた。

「む？」

新三郎は不審の眉をひそめた。

庄右衛門の息子夫婦の部屋はここから三部屋置いた奥にある。

婚して、まだ二年、いたって仲睦《なかむつ》まじい夫婦で、喧嘩《けんか》などついぞしたことがない。

新三郎は素早く脇においてあった刀を手にして腰をあげた。

「なにか、ございましたかな……」

盤面の攻防に気をとられていた庄右衛門が顔をあげたとき、廊下に面した雨戸が外から蹴りあけられた。

暗闇の庭に丸行灯の灯りがさして、庭に山岡頭巾をかぶった黒い着流し姿の侍が立ちはだかっているのが見えた。

「ほう……どうやら、きさまが平賀新三郎とかもうす馬庭念流のようだな」

「なにぃ！　きさま、何者だっ」

「ふふふ、冥土《めいど》の土産《みやげ》に林崎夢想流を拝ませてやろう。とはいえ、そこは手狭だ。ここまで出てくるがいい」

「どうやら深夜に押しかけてきたところをみると押し込み強盗のたぐいらしいな」

平賀新三郎は刀を鞘《さや》から抜き放ち、庄右衛門をかえりみた。

「庄右衛門どのはここを動かれてはなりませんぞ」

「わ、わかりました……」

三輪庄右衛門は顔面蒼白になりながら懸命にうなずいた。

平賀新三郎は落ち着いた物腰で足袋跣《たびはだし》のまま、廊下から庭に降り立った。

「ふうむ。すこしは遣《つか》えるようだな」

山岡頭巾は刀の柄《つか》にも手をかけぬまま、するすると二、三歩、後ずさりして平賀新三郎を見迎えた。

「おもしろい。馬庭念流と手合わせするのは初めてだからな」

山岡頭巾は摺《す》り足になって間合いをはかりながら刀の柄に手をかけたが、まだ刀を抜こうとはしなかった。

平賀新三郎は鋒《きつさき》を右上段に構え、じりじりと左へ左へと廻りこんでいった。

「きさま、居合いを遣うな……」

「ふふふ、それで用心して踏み込んでこないところはさすがだな」

山岡頭巾は薄い笑みを口元ににじませると、ぐいと腰を捻《ひね》って刀を鞘走らせた。

「きさま、この田舎大尽《だいじん》の用心棒らしいが、用心棒にしておくには惜しい腕だな」

山岡頭巾は剣先を右下段に構えた。

「おれは須川市之助というて見てのとおりの浪人者だが、きさまほどの遣い手がぬくぬくと金持ちの用心棒をして暮らしているのを見ると吐き気がする」

「ぬかすなっ！　きさまのように頭巾で面体《めんてい》を隠して押し入ってくるような不逞《ふてい》な輩《やから》は容赦なく成敗してくれる」

「ふふふ、よう吠えるの。吠える犬ほど怯《おび》えているというぞ」

須川市之助が嘲笑《ちょうしょう》を浴びせた瞬間、平賀新三郎はダッと踏み込みざま須川市之助の肩口に一撃を浴びせた。

刃唸《はうな》りのするような剛剣だったが、須川市之助はツと身をひらいて苦もなくかわした。

同時に須川市之助は斜め下に落としていた鋒を撥ねあげ、平賀新三郎の左脇から右の肩口まで存分に断ち斬《き》った。

「う……」

刃《やいば》が心ノ臓を両断したと見え、血しぶきが夜空に迸《ほとばし》り、驟雨《しゅうう》のように降りそそいだ。

須川市之助は懐紙《かいし》で刃を拭《ぬぐ》いとり鞘に納めると、何事もなかったかのように背を向けて立ち去っていった。

それまで夜空を薄く覆《おお》っていた雲間から月光が静かにさしてきた。

事切れて身じろぎもしなくなった平賀新三郎の屍《しかばね》が月光に寒ざむと凍《い》てついている。

四

——そのころ……。

三輪庄右衛門の屋敷に踏み込んできた鬼火の一味は迷うことなく、一家のそれぞれの寝室に侵入していった。

吉兵衛が入手した屋敷の絵図面は寸分のちがいもなかった。

六人の家族と、女中や下男は声を立てる暇もなく猿轡《さるぐつわ》をかけられ、縛られて俵《たわら》のように転がされてしまった。

孫の赤子は泣き声をあげたが、すぐさま布団にくるまれてしまった。

三輪庄右衛門は碁盤の前にいたところを吉兵衛に踏み込まれ、刃を突きつけられると声もあげずに目隠しされ、猿轡をかけられたうえ高手小手《たかてこて》に縛りあげられた。

頼みの綱の平賀新三郎が斬られたのを目撃し、すっかり観念してしまったようだ。

「土蔵の鍵は間もなくあけられるはずだ。なかに小判はいくらあるか知らんが、運べるだけのものはもらっていく。朝になるまでおとなしくしていれば無駄な血を流すつもりはない。わかったな」

庄右衛門は頬をピタピタと刃でたたかれ、ちからなくうなずいた。

一味の者が手早く庄右衛門を床柱に縄で縛りつけた。

母屋の奥にある一室では琴音が口に猿轡をかけられ、紐《ひも》で手首を後ろ手に縛りあげられていた。

白い絹の寝間着のまま、身じろぎもせず死んだように横臥《おうが》していた。

ぎゅっと両足をくの字に折り曲げていたが、ふっくりと丸い臀《しり》がまくれあがった寝間着の裾《すそ》から見えている。

もう、呻《うめ》き声をあげる気力もなくしてしまっているようだった。

白い桃の実のような乳房がふたつ、寝間着の襟《えり》からむき出しになっている。乳首はちいさく、色も淡い薄桃色をしていた。

縛りあげた黒覆面《くろふくめん》の男が無造作に琴音の膝頭《ひざがしら》に手をかけると、股間を押し開いて狭間《はざま》に指をこじいれた。

琴音はびくっと躰を震わせ、抗《あらが》いかけたものの、すぐにあきらめきったように全身の力を抜いてしまった。

「ふふふ、どうやらまだ初穂《はつほ》は摘《つ》まれちゃいないようだな」

「おい、つまらねぇ真似をするんじゃねぇ」

ぬっと姿を現した吉兵衛が舌打ちした。

「女を抱きたきゃてめぇの銭で抱くんだな」

「へ、へい……ですが、こいつはまちげぇなく生娘《きむすめ》ですぜ。おまけに器量はよし、壺《つぼ》の締まりもいうことはねぇ。お頭の手活けの花にして仕込んでみちゃどうです」

「ちっ！　忘れたのか。邪魔立てするやつは始末してもかまわねぇが、犯さず、貪《むさぼ》らず、これがおれたちの掟《おきて》だぜ」

「へ、へい」

「それに生娘なんぞ抱いてみたところでおもしろくもおかしくもねぇし、思うように飼い馴《な》らすまでは手間暇かかって面倒なもんよ。ま、布団でくるんで転がしておくんだな」

「さいですか……めったにいねぇ上玉ですがねぇ」

そこへ足音ひとつたてず、黒装束の彦蔵がやってきた。

「お頭。金蔵の錠前をあけたら、見込みどおり千両箱が山積みでしたぜ」

「ま、噂じゃ、ここには両替商でも金の工面を頼みにくるほど金があまってるというからな。だからといって欲はかかねぇことだ。運ぶのに手間どっちゃ虻蜂《あぶはち》とらずになろうってもんよ」

「わかりやした」

「そろそろ八つ半（午前三時）近い。明るくなる前に引き上げるぞ」

「へい……」

五

三輪庄右衛門の屋敷に盗賊が押し入ったという知らせを受けた北町奉行所は、すぐさま定町廻り方同心の斧田晋吾を向島の三輪屋敷に差し向けた。

盗賊の一味に凄《すさ》まじい居合いの遣い手がいたということから、鬼火の吉兵衛の仕業にちがいないと斧田がみたからである。

斧田はすぐさま手飼いの岡っ引き、本所の常吉《つねきち》と留松《とめまつ》を引き連れて猪牙舟《ちょきぶね》で向島に向かった。

三輪庄右衛門は目の前で平賀新三郎が斬殺されたことで衝撃を受けて寝込んで

しまっているという。

ともかく斬殺された平賀新三郎の屍体を検分することにした。

庭の飛び石に真っ赤な血だまりができていて、そのなかに平賀新三郎は俯《うつぶ》せになっていた。

検分した斧田が思わず唸った。

「斬られた平賀新三郎てぇ侍は馬庭念流の遣い手だったそうだが、刀にゃ斬り合った跡がひとつもねえ……」

かたわらからのぞきこんだ本所の常吉が首を捻って問いかけた。

「へ、そりゃどういう……」

「刃を合わせる間もなく、たった一太刀《ひとたち》でバッサリってことさ」

斧田は腰をあげると、左手の十手《じって》で右手首をたたいてみせた。

「腕がちがいすぎたか、それとも居合いの一太刀でやられたかのどっちかだろうよ」

斧田は口をひんまげて、平賀新三郎の屍体を目でしゃくった。

「けど、旦那《だんな》。このお侍は免許取りだったそうですぜ」

「ふうむ。それが刃を合わせることもなくバッサリやられてるんだ。この下手人《げしゅにん》は相当な凄腕《すごうで》らしい」

「てぇことは品川宿の手前で殺されてた音吉ってぇ小間物売りの一件と……」

「ああ、まず、おなじやつの仕業臭い」

「けど、音吉のほうは二十七両もの大金がはいった胴巻には手もつけられちゃいませんでしたが、ここじゃ金蔵から千両箱が六つも消えているそうですぜ」

「ま、六千両もの大仕事をしようという悪党にとっちゃ、二十七両ぽっちは目腐れ金みたいなもんだろうよ」

「そいじゃ、この一件はやっぱり鬼火の吉兵衛一味の……」

「うむ。まず九分九厘まちがいねぇ」

斧田は深ぶかとうなずいた。

「品川宿の音吉殺しも、ここで居合いを遣ったやつも鬼火一味に飼われている須川市之助とかいう林崎夢想流の遣い手の仕業だ」

斧田は上半身を斜めに斬り離された平賀新三郎の屍に向かって片手拝みしてから、常吉に顎《あご》をしゃくった。

「この仏《ほとけ》さんのご新造《しんぞ》のためにも早いところ棺桶《かんおけ》にいれてやんな。躰は外料《がいりょう》の医者にでも縫いあわせてもらうことだな」

「わかりやした」

「金蔵の鍵はあいたままかい」

「へい。たまげたことに蔵のなかにはやつらが手もつけなかった千両箱がなんと、まだ山積みになってやすぜ」

「ちっ！　六千両なんざ痛くも痒《かゆ》くもねぇってことか」

斧田は十手で肩をポンとたたいて吐き捨てた。

「それにしても六個の千両箱てぇとそうやすやすと担いではいけまいよ。おおかた馬か荷車か、舟……いや、馬や荷車じゃ夜道とはいえ人目につきすぎる。やっぱり荷足舟《にたりぶね》だろうよ。まずは綾瀬川の川っぺりを虱《しらみ》つぶしにあたってみることだな」

「わかりやした」

「どうやら、とんでもねぇ人斬り狼《おおかみ》が江戸に現れたようだ」

斧田は常吉の肩をたたいて、苦虫を嚙みつぶしたように口をひんまげた。

「この探索は命がけになるぜ。おめぇも首を洗ってかかることだな」

「へ、へい……」

「いまのうちに、せいぜい、おえいを可愛がっておけよ」

「え……」

「ふふ……この世に名残《なごり》を残さねぇようにしろってことさ」

にやりとして斧田はくるりと背を向けた。

「ちっ、旦那もきついこというぜ」

ひとつ舌打ちしてから、常吉はいそいで斧田のあとを追いかけた。

常吉は斧田が目をかけている岡っ引きで、女房のおえいに本所松井町《まついちょう》にある料理茶屋「すみだ川」の女将をさせ、斧田の探索の片棒を担いでいる男だ。

屍体の検分をすませた斧田は奥座敷にあがりこみ、打ちかけのままになっている碁盤の前にしゃがみこんだ。

白と黒の碁石は盤上に波うって入り乱れているが、なかには盤面からこぼれ落ちているものもある。

斧田は畳のうえに落ちていた白石をひとつつまみあげた。

「へえぇ……いい石ですねぇ」

かたわらからのぞきこんだ常吉が思わず感嘆の声をあげた。

常吉は暇さえあれば碁会所に入り浸っているほどの囲碁好きでもある。

ぽってりと厚みのある蛤《はまぐり》の白石を常吉はしげしげと見つめて唸った。

「こいつはすげぇや。ふっくり厚みがあって、おまけにまっちろですべすべしてやがる」

「ふふふ、おえいのおっぱいみてぇか」

「けっ、おえいの乳なんぞふやけた水餅《みずもち》みてぇなものでさ」

「ほう、その水餅に毎晩しゃぶりついてるのはどこのだれだっけな」

「よしとくんなさいよ。あんな水餅にしゃぶりつくほどおちぶれちゃいませんぜ」

「そのセリフ、おえいに聞かせたいもんよ。水餅がぶんむくれてはじけたら、おめぇ店からたたきだされるぜ」

斧田はにやりとして、碁盤のそばにしゃがみこんだ。

「榧《かや》の八寸か。おまけに柾目《まさめ》ときてやがる。こいつは大名道具だぜ」

「そんな値打ちもんですかい」

「ああ、碁盤の重みとおんなじぐらいの小判を積まねぇと買えねぇ代物《しろもの》よ」

「げっ……」

「ま、そいつはともかく、おめぇがつまんでる白石一粒でおえいの欲しがってる簪《かんざし》ぐらい買ってやれるだろうよ」

主人の三輪庄右衛門は寝込んでしまっていたが、息子の庄之助は顔は青ざめていたものの気丈《きじょう》に斧田の問いに答えた。

金蔵の錠前は庄右衛門の手文庫のなかにあったにもかかわらず、あっさりと外されていたという。

──ふうむ。こいつは、どうやら鏨の彦蔵の仕業だな……。

しかも、庄之助がいうには屋敷には妹の琴音のほかにも年頃の若い女中が三人も住み込んでいたにもかかわらず、縛られて猿轡をかけられただけで、だれひとりとして悪さをされた女はいなかったらしい。

琴音は頭目らしい男が手下のひとりに──犯さず、貪らずが一味の掟だ──ともらしているのを耳にしたという。

──犯さず、貪らずが、掟か……。

盗人《ぬすっと》のくせにしゃらくせぇことをぬかしやがるぜ。

千両箱は檜造《ひのきづく》りの木箱に鉄の箍《たが》を巻いてつくった堅牢《けんろう》なものである。

そこに一分判金を百枚、または一両小判を二十五枚、和紙で包んだものを四十個納めたものである。

一人で一箱担ぐのがやっとで、六千両ともなれば馬か牛を使わなくては運べないほど重いはずだ。

二挺艪《にちょうろ》の荷足舟は禁止されているから、一味の者を何人か乗せたうえ六個の千両箱を積むとすれば二隻か三隻はいるだろう。

――やつらは貪りたくても、貪れなかったにちがいなかろうよ……。

六

平蔵は千駄木の自宅奥の八畳間であぐらをかいて柘植杏平《つげきょうへい》と碁盤を囲んでいた。

今日は朝から小春日和で、やわらかな初冬の陽射しが縁側から部屋までぬくぬくとさしこんできている。

今朝は患者は一人もなく篠は団子坂下に買い物にでかけて、暇をもてあましていたところに、ひさしぶりに柘植杏平が訪ねてきたのである。

柘植杏平はかつては尾張柳生流《やぎゅうりゅう》の門下だったが、流派にはない「石割《いしわり》ノ剣」という技をみずから編み出したのを咎《とが》められ破門されたことに臍《へそ》を曲げて脱藩し、諸国を流浪していたという異色の経歴の持ち主である。

その剣を惜しんだ先代の尾張藩主徳川吉通《よしみち》が呼びもどし、陰扶持《かげぶち》をあたえて身辺の陰守役としていたが、所詮《しょせん》は日陰者の身である。

吉通が死去し、藩主となった継友《つぐとも》が八代将軍の座を紀州藩主の吉宗と争いはじめると、柘植杏平は政争の道具に使われることに嫌気がさすようになった。紀州、尾張両藩の暗闘に巻き込まれかけた柘植杏平は刺客になることを忌避《きひ》し、陰守役を返上して、ふたたび放浪の身となった。

江戸に向かう途中、蒲田《かまた》で茶店女をしていた露《つゆ》と情をかわし、小石川の小日向《こひなた》に一軒家を買いもとめて露と所帯をもった。

――そのころ……。

釣りに出かけ、蝮《まむし》に嚙まれた柘植杏平の危急の手当てをしてくれたのが神谷平蔵と伝通院前の医師・小川笙船だった。

以来、柘植杏平は平蔵と肝胆相照《かんたんあいて》らす無二の親友となっている。

今日はひさしぶりに平蔵を訪ねて、烏鷺《うろ》を戦わすことになったのである。

平蔵と柘植の棋力は五分五分で、勝ったり負けたりだからどうしても後を引く。

二盤つづけて落としてしまった平蔵がむきになって、もう一盤と挑んでいたところに斧田晋吾がのそりと顔を見せた。

斧田は平蔵と気があうだけではなく、いままでは平蔵の親友の矢部伝八郎や笹倉《ささくら》新八《しんぱち》、柘植杏平たちとも酒を酌《く》み交わす仲だった。

おきまりの龍紋の裏付、三つ紋の黒羽織、髷《まげ》を小銀杏《こいちょう》に結い、博多帯に雪駄《せった》をつっかけて朱房《しゅぶさ》の十手を背中にさした小粋《こいき》な格好だ。

同心はどこでも着流し御免で、袴《はかま》はつけず、ちゃらちゃらと雪駄をつっかけて、さようしからばの侍言葉は野暮だと嫌い、町人にも気楽に声をかけるから下町の江戸っ子には人気がある。

「おうおう、朝っぱらから碁石並べとは結構なご身分じゃないか」

雪駄を脱いで、のっそりとあがりこんでくると羽織の裾をくるっと巻きあげてあぐらをかいた。

「やれやれ、たったいま囲碁のさなかに斬り殺された屍体の検分をしてきたばかりだってぇのに、またぞろ碁盤を見せられちゃうんざりだ」

「ふうむ。賭け碁の勝負がもつれて喧嘩にでもなったのか……」

平蔵が盤面に目を向けたままで冷やかした。

「いやいや、なんの、そんなちょろいもんじゃない。狙われたのは千両箱が六つ、殺されたのは向島の三輪庄右衛門という大金持ちの遠縁で用心棒がわりに同居していた平賀新三郎。どうやらこの男、馬庭念流の免許取りだったらしい」

「ほう、それは……」

これには、さすがに平蔵も、柘植杏平も眉をひそめて顔を見合わせた。

「六千両もの大金を奪われたというと、食いつめ浪人どもが組んでの押し込みか」

「いや、例の鬼火の吉兵衛一味の仕業のようだ」

斧田は懐から四枚の人相書きを取り出して、碁盤のかたわらにひろげてみせた。

「ふうむ……それにしても馬庭念流の遣い手がむざむざとやられるとは……」

「おお、それよ。なにしろ、刃を合わせることもなく一撃でバッサリやられたようだぜ」

斧田は侍髷の男の人相書きをピンと指で弾いた。

「斬ったのは須川市之助だ。こいつは鬼火一味でも別格あつかいで、なんでも女の殺しだけは引き受けないという変わり者らしいが、請け負った相手は一人頭が百両、相手が侍なら二百両から三百両で引き受けるそうだぜ」

斧田がにやりとして平蔵と杏平を目ですくいあげた。

「鬼火の吉兵衛と鬼夜叉の仲蔵とは兄弟分だったそうだから市川村《いちかわむら》の国府台《こうのだい》で猪口仲蔵の塒《ねぐら》を襲い、一味を皆殺しにした神谷平蔵と柘植杏平とくれば鬼火の吉兵衛にとっちゃ千両首ものよ」

「ほほう、おれたちの首は懸賞金つきか」

「そうよ。ま、せいぜい二人とも身辺には気をつけてもらいたいもんだ」

「ちっ、そんなことをいうために千駄木くんだりまで出向いてきたのか」

平蔵が舌打ちした。

「おれたちの首の心配をするより、早いところ鬼火一味の塒を探しだしたらどうなんだね」

「むろん、やってるさ。いまごろは本所の常吉がしゃかりきになって川筋の船宿や船頭をあたってるだろうよ」

「ははぁ、千両箱を舟で運んだと見ているわけか」

「そうよ。千両箱が六つともなりゃ、向島から運びだすには舟を使うしかあるまい」

かたわらから柘植杏平が、手拭いで頰かむりした六十年配の男の人相書きをつまみとった。

「この年寄りも、その鬼火とやらいう盗賊の一味なのか」

「うむ、そいつは昨日、大坂の奉行所から送られてきた人相書きだが、そいつは乙坂の友造というやつで、吉兵衛が若いころからの仲間らしい。なんでも物売りに化けるのがうまくて家の造りを探るのと付け火が得意らしい。物売りといってもいろいろあるが、いまごろなら、まぁ乾物か座禅豆といったところかな」

「それよ。座禅豆だ……」

柘植杏平がポンと膝をたたいた。

「一昨日《おととい》、甘いもの好きの家内が渋い売り声に誘われて買っておったが、あの爺さんが、この友造という男によう似ておったような気がするな。しかし、えびす顔で愛想のいい爺さんだったぞ」

「ふふふ、そりゃそうさ。客は町方の女房がほとんどだからな。愛想よく、世辞をふりまくのはお手のもんよ」

「ふうむ……あの爺さんが盗賊の一味とはのう」

「たしか、お宅は小日向だったな」

斧田は目を細めて膝を乗りだした。

「さよう、水道町《すいどうちょう》の服部坂《はっとりざか》を東にはいった路地だが……」

「ふうむ。あの近辺は武家屋敷の多いところで盗賊が目をつけそうな金蔵などはないはずだが……」

そのとき篠が買い物からもどってきた。

「あら、柘植さまや斧田さまもいらしてたんですか……」

篠が手早くお茶を淹《い》れて、諸味《もろみ》味噌と串団子を皿にのせて運んできた。

「あいにく、こんなものしかございませんが……」

「いやいや、串団子はそれがしの好物……」

斧田が早速、串団子に手をだした。

「ま、このお爺さん……」

篠が友造の人相書きをのぞきこんだ。

「座禅豆のお爺さんだわ」

「なに……おまえ、知っておるのか」

「え、いえ、この前、坂下で諸味味噌を買っただけですけれど……」

「ふうむ。小日向と団子坂か、ま、さほど離れてはおらんが、どっちも武家屋敷が多く、鬼火の一味が目をつけそうなお大尽《だいじん》もいないと思うがね」

「大商人はいないかも知れんが、加賀《かが》百万石の上屋敷が近くにあるぞ」

「ふふ、ま、加賀さまなら小判やお宝は唸っているかも知れんが、常時何千人もの藩士がいるし、夜も警備の者がいる。いくら鬼火一味が命知らずでも飛んで火にいるなんとやらだろう」

「まぁ、な……」

「それに担ぎの物売りならどこに足を向けても不思議はあるまいて……」

斧田はことをなげに笑い捨てると、人相書きを懐にねじこみ「や、邪魔をした」と腰をあげかけたが、また座りなおした。

「そうそう、あんたが菊坂町で助けたお登勢というおなごの亭主の音吉は数日前に鈴ヶ森で浪人者に斬られてくたばっちまっていたぜ」

「なんだと……」

「おそらく鬼火一味の口封じだろうよ。人相書きの出所は箱根の湯宿で吉兵衛と彦蔵と顔をあわせたお登勢と音吉だろうと見当をつけたにちがいない」

「ただの辻斬りじゃないのか」

「いや、巾着《きんちゃく》には二十七両もの大金がはいっていたんだぞ。物取り目当ての仕業じゃないことはたしかだ」

「ふうむ……」

「しかも、ゆうべ向島で斬られた侍とおんなじで、たった一太刀でバッサリ、あの世行きだったぜ」

「林崎夢想流か……」

「うむ。おれがみたところ殺《や》ったのは須川市之助にまちがいねぇ」

「お登勢には知らせたのか」

「いや、音吉の屍体の引き取りもあるゆえ、品川宿の番所役人から知らせているはずだ。なにせ、おれは向島の件で手一杯で後始末までは手がまわらん」

「薄情なやつだな。人相書きを取ったら後は知らん顔か」

「ま、そういうな。おれは愁嘆場《しゅうたんば》はどうも苦手なのよ。それに、おなごのあつかいはあんたのほうが手馴れている。なにせ、こなしたコレの数がちがうからの」

　小指を立てて、にやりとすると、さっさと腰をあげた。

「あいつめ……こなした数とはなんだ」

　平蔵、舌打ちして睨《にら》みつけると、柘植杏平が楽しそうに哄笑《こうしょう》した。

「ははは、さすがは八丁堀《はっちょうぼり》。口八丁とはよういうたものよ」

七

――そのころ。

両国橋《りようごくばし》の南側から東西に流れる竪川《たてかわ》に架かる新辻橋《しんつじばし》を渡って柳原町《やなぎわらちょう》に向かう玉すだれ売りの年寄りがいた。

股引《ももひき》に素《す》草鞋《わらじ》、手拭いで頬かむりし、胸に売り物の玉すだれを垂らし、陽気な呼び声をふりまいている。

〜さぁさぁごろうじませ、これが雲に架け橋、霞《かすみ》に千鳥《ちどり》、おこさまがたのおなぐさみが飴玉《あめだま》とおなじの、たったの四文……。

見るからに人のよさそうな爺さんだが、よく見れば団子坂で座禅豆を売り歩いていた乙坂の友造だった。

その友造から半丁あまり離れた後ろから、股引に麻裏草履《あさうらぞうり》をつっかけ、肩に印《しるし》半纏《ばんてん》、頭に捻《ねじ》り鉢巻した鳶《とび》の者がつかずはなれず後をつけていた。

下っ引きの留松であった。

——へっ、昨日までは座禅豆で、今日は玉すだれかい。なんとも器用なじじいだぜ。

見かけたのは四半刻前、亀久橋《かめひさばし》の袂だった。

屋台のうどん屋で腹ごしらえしていると、聞き覚えのある塩辛声《しおからごえ》の売り声が聞こえたのである。

丼を片手にのぞいてみると子供相手に玉すだれを器用にあつかいながら愛嬌《あいきょう》をふりまいている友造のえびす顔が見えたのだ。

——野郎め……。

いそいでうどんをかきこみ、つかずはなれず後をつけてきたのだ。

親分の常吉から、友造を見かけたらどこにもぐりこむかたしかめろと二分の小遣いを渡されている。

留松の本職は桶屋《おけや》の職人だが、博打《ばくち》で御用になるところを目こぼししてもらい、お上《かみ》の御用を務める下っ引きになったのである。

博打で伝馬町《てんまちょう》の牢送りになったら、島流しに処されて、下手《へた》をすれば二度と江戸の土は踏めないところだった。

その恩もあるが、生来、留松は素っ堅気の職人よりも探索に向いている。

こつこつ真面目《まじめ》に桶の箍《たが》をはめたり、板に鉋《かんな》をかけたりするよりも、血がわくわくするような鉄火なことが性にあっていた。

探索はときには命がけの危ない目にあうこともあるが、うまくいったときの満足感はたとえようもない。

しかも親分の常吉は女房が小料理屋をやっていて金には鷹揚《おうよう》で、下っ引きには費《つい》えや小遣いも惜しまずにくれる。

それに常吉に十手を預けてくれている同心の斧田晋吾は本所界隈《かいわい》の商人の信用も厚いし、出入りの大名や大身旗本からの付け届けが多い。

そのおかげで常吉に探索の費えをたんまり出してくれるせいで、留松たちにもおこぼれがまわってくる。

桶職人をしているよりも、ずんと実入りがいいし、やりがいがあった。

おかげで常吉の信頼も厚く、スッポンの留松と呼ばれて重宝がられている。

今度の探索の相手は［鬼火］という異名をとっているという大盗賊だというので、留松も目の色を変えていた。

いま、留松がつけている友造は鬼火の吉兵衛とは二十年来の仲間で、物売りをしながら家屋敷の間取りを探るのと、付け火の名人らしいが、匕首《あいくち》をもたせると侍でも手こずるほどの物騒な男だという。

しかし、留松も鉄火場に入り浸っていたころは博打打ち相手に数えきれないほどの修羅場《しゅらば》を踏んできている。

――へっ！　匕首の使い方ならこちとらも負けやしねぇぜ。

留松は友造の後ろ姿を目の端にとらえながら、腹巻きに飲んでいる匕首をポンと手でたたいた。

〜ええ、たけだおうみのつもりざいく、玉すだれの早がわり、雲に架け橋、霞に千鳥、およびないとておもうまいものか、はりとうはりとう〜

友造の売り声が新辻橋を渡り、右に折れてすたすたとまっすぐに歩いていった。もう、売り声もださず、四ツ目之橋《よつめのはし》を通りすぎて旅所橋《たびしょばし》に向かっている。

——どうやら塒は近いらしい……。

留松はつきすぎず、離れすぎず、慎重に後を追った。

友造は旅所橋を渡ると、用水路に沿って清水町《しみずちょう》の角を左に曲がった。

——あの爺ぃ……。

留松は小走りに旅所橋を渡って友造の後を追った。

清水町の角は間口の広い古手屋で［古着処《どころ》・よどや］の看板がかかっていたが、店の者や客の姿はなかった。

留松が旅所橋を渡ったとき、友造の姿は消えていた。

——ちくしょう！　どこに消えちまいやがったんだ……。

清水町の裏手は亀戸村《かめいどむら》の畑地になっていて、佐竹右京大夫《さたけうきょうのだいぶ》の下屋敷の白壁がつらなっている。

この界隈は淫売宿が多いところだったが、このところ取り締まりが厳しくなったせいか人通りもない。

友造が消えたのはまちがいなく角の古着屋［よどや］だと留松は確信した。

路地を隔てた北松代町《きたまつしろちょう》四丁目の角に［ひいらぎや］の軒行灯を吊るした飲み屋があった。

その二階の張り出し窓に腰をかけた洗い髪の女が手首をくの字に曲げておいでおいでしている。

ちょいと年増《としま》だが色白で婀娜《あだ》っぽい腰つきをしている。

一杯やりながら張り込むにはもってこいの店だった。

それに常吉からもらった粒銀もあるから懐はあったかい。

夕日が川面《かわも》を茜色《あかねいろ》に染めはじめている。

神無月《かんなづき》（十月）ともなると日の暮れも早い。

寒気が肌を刺しはじめると酒と女の肌身のぬくもりが恋しくなる。

どうするか迷っているところに顔見知りの焼継屋《やきつぎや》が通りかかった。

高価な茶器は漆《うるし》で割れ目を繋ぎ、安い茶碗は白玉粉《しらたまこ》で焼き継ぐのが仕事で、常吉の女房が営んでいる料理茶屋［すみだ川］にもよく顔をだす幸助《こうすけ》という男だった。

幸助に一朱つかませて「すみだ川」にいる常吉につなぎを頼んでから「ひいらぎや」の二階にあがることにした。

日が落ちる前の遊びはちょいと気がさすが、これも余禄のうちだ。

八

焼継屋の幸助は竪川の堀端の道を急ぎ足で「すみだ川」に向かっていた。

ちょうど川霧がもやって、夕闇が忍び寄ってくる逢魔《おうま》が時である。灯りが欲しいところだが、あいにく提灯《ちょうちん》はもってこなかった。

留松から頼まれた伝言を早く伝えて家に帰りたかった。女房の酌《しゃく》で酒を飲むのが幸助の唯一の楽しみだった。

二《ふた》ツ目《め》之《の》橋《はし》が彼方《かなた》に黒々と見えてきたとき、後ろから声をかけられた。

「やぁ、幸助さんじゃないか」

えびす顔で肩を並べてきたのは、町でときおり顔を見かける座禅豆売りの友造爺さんだった。

いつもは座禅豆の箱荷をかついでいる友造が、今日は玉すだれの箱を胸に吊るしている。

「あれ、商売替えしなすったんですかい」

「ああ、下町は子供が多いからこっちのほうがいいだろうと思ってね」

「友造さんは器用だからいいねぇ」

「なぁにそんなこたぁないさ。あんたみたいに手に職がないから口八丁でおまんま食ってるだけさ」

友造は腰から煙管《キセル》を抜き取ると、口にくわえて身を寄せてきた。

「ちょいと火をつけるあいだ風よけになっておくんなさい」

「へえ、よござんすとも……」

幸助が足をとめ、袂をひろげてかざしてやった。

その瞬間、友造の手元から繰り出された匕首が幸助の鳩尾《みぞおち》を深ぶかと抉《えぐ》った。

「う……」

幸助の躰がぐにゃりとへたりかかるのをひょいと受けとめた友造は素早くあたりを見回すと、とんと幸助の胸を突き放した。

幸助が竪川の川面にずぶりと沈んでいくのを尻目に、友造は何事もなかったようにすたすたと川沿いの道をもどっていった。

見ていたのは川面に羽を休めている鷗《かもめ》と寒鴨《かんがも》の群れだけだった。

九

——へっ、こいつはたまんねぇや……。

いまや留松はおけいという年増の白い肌身を抱いているのか、それとも抱かれているのかわからなくなっていた。

夜具はとうにのけものにされて部屋の隅でくしゃくしゃになっている。

おけいはむちりとした乳房を留松の顔にこすりつけ、顔をのけぞらせながら臀をしゃくりたてている。

おお、おお、おお〜っとあたりかまわぬ声をしぼりだし、両足を留松の腰にからみつけ、ゆすりあげては唇を吸いつけて舌の先で留松の口のなかを舐めまわす。

留松は若いころから桶職人をしているから筋肉質のがっしりした体軀をしている。

酒はあまり飲めないが、そのぶん女には目がなかった。

一度、女房をもらったが根っからの浮気性であちこちの女に手をだしては朝帰りする。

おかげで夫婦喧嘩の絶え間がなく、二年とたたないうちに女房も愛想をつかして出ていってしまった。

張り込みのつもりが、おけいの床上手《とこじょうず》にはまってしまい、仕事そっちのけになってしまったのである。

焼継屋につなぎを頼んでおいたから、そのうち常吉から連絡があるだろう。

――なに、まだ宵のうちだ……。

この不景気に一晩の枕代に一分もはずんでやったのがきいたのか、それとも根っからの好き者なのか、蛸《たこ》のように四肢をからめて留松を離そうとしない。

それもそのはず、この［ひいらぎや］は鬼火の吉兵衛の店で、おけいは吉兵衛の情婦の一人なのだ。

留松が下っ引きだということは、おけいにはとうにわかっていたのである。

十

――そのころ。

友造は古着屋［よどや］の母屋で鬼火の吉兵衛と向かいあっていた。

吉兵衛の前には鬘の彦蔵をはじめ一癖《ひとくせ》も二癖もある顔ぶれがずらりと勢揃いして酒盛りをしている。

吉兵衛の後ろの床柱には須川市之助が腕組みをしたまま目を閉じている。

「さすがは乙坂の友造だ。だれにも気づかれやしなかったろうな」

「へえ、そりゃもう……ちょうど逢魔が時でやしたからね」

「うむうむ、ま、あの焼継屋もはした金で下っ引きの使い走りなんぞ引き受けちまったのが運のつきよ」

懐から切り餅をひとつつかみだして友造に手渡した。

「そいつは始末賃だ。今夜の仕事がうまくいったら分け前は別にたっぷりはずむぜ」

「へへ、まかしといておくんなさい。今夜は亥《い》ノ刻（午後十時）から丑《うし》ノ刻（午前二時）にかけて西の風が吹きますぜ。そいつを待って手下どもが手分けして仕事にかかりやすから、役人どもはきりきり舞いさせてみせます。あの神谷平蔵にたっぷり泡を食わしてみせやすよ」

「ふふふ、あの連中はいずれ一人残らず痛い目にあわせてやらなきゃ腹の虫がおさまらねぇからな。弟分の仲蔵のこともあるが、あいつらにうろうろされたんじゃ江戸での仕事にさしさわる」

「あの下っ引きはどうしやす」

「なぁに、いまごろはおけいに骨までしゃぶられてるだろうさ。ふふふ、おけいの巾着にしめつけられたらたいがいの男は海鼠《なまこ》みたいになっちまうだろうよ」

吉兵衛は上機嫌で一座を見渡した。

「いいか、押し込むのは四つ半（十一時）だ。仙台堀の［かずさ］に屋形船と上荷船を舫ってあるから、すこしずつ目立たねぇようにここを出て、五つ半（九時）から四つ（十時）までに［かずさ］に顔をそろえてもらおう。いいな」

みんながうなずくのを見て、吉兵衛は床柱にもたれている須川市之助に目を向けた。

「須川先生。今夜の相手は念流の免許取りという強敵だ。頼みますぜ」

須川市之助は薄目をあけてじろりと吉兵衛を見やった。

「流派などどうでもいいことだ。刃をあわせてみんことには相手がどれだけの遣い手かはわからん。もしかしたら、やられるのはおれのほうかも知れんぞ」

口をひんまげて吐き捨てると、そのままごろりと横になった。

「ただ、おれは神谷平蔵というやつと勝負してみたい。それまでは滅多に死ねぬな」

「へ……ま、先生のことだ。頼りにしてますぜ」

吉兵衛はしらけたように苦笑いした。

床下から蟋蟀《こおろぎ》のすだく声が侘《わび》しげに聞こえてきた。

＊　＊

その床下に黒々とうずくまっている黒装束の人影が身じろぎひとつせず耳を澄ませていた。

黒鍬組の女忍《にょにん》のおもんであった。

おもんが蜘蛛《くも》の巣だらけの、この床下に潜入して、もう三日になる。

水は下忍の小笹《こざさ》が竹筒にいれて届けてくれるが、食い物はいっさい口にしていない。

忍びの者は摺り胡麻《ごま》と栗の実をすり潰《つぶ》したものを固めた丸薬を口にするだけである。

小用は竹筒に仕込んで、床下の土にしみこませればすむが、便は薬で止めてしまう。

おもんと小笹は鬼火の吉兵衛が京を離れて江戸に向かったときから寸時も目を離したことはなかった。

箱根の芦ノ湯に吉兵衛と彦蔵が投宿したときも小笹と藤川俊平《ふじかわしゅんぺい》を供の者にして、商家の内儀を装い［笹や］に投宿していた。

お登勢が岩風呂で音吉と結ばれたときは小笹がそっと見ていたが、まさか、あのあとで二人が駆け落ちするとは思わなかった。

どうやら音吉は江戸にはいる寸前で須川市之助に斬られたらしいが、音吉は西でさんざん女遊びをしていたようだから、お登勢という女のためにはそのほうがよかったような気がする。

ただ、今夜は乙坂の友造が平蔵になにか仕掛けるらしいのが気になる。

友造という年寄りが匕首を使う手練《てだ》れだということはわかっているが、平蔵が相手では歯がたつわけはない。

友造は物売りをしながら家の造作を探るのが得意だが、どうやら風向きがどうのこうのといっているのは火付けでもする気のようだ。

——なんとかして平蔵さまにこのことを知らせなくては……。

ただ、おもんは吉兵衛の動向から目を離すわけにはいかない。

——念流の遣い手といえば笹倉新八どののことだろう……。

となると鬼火の吉兵衛一味の狙いは、目と鼻の先の柳島村《やなぎしまむら》の篠山検校《しのやまけんぎょう》の屋敷と見ていい。

おもんは床下を百足《むかで》のようにするすると這って移動すると、口をそぼめて蟋蟀のように侘しげにすだいた。

しばらくすると、塀の外から小笹が夜鴉《よがらす》のような鳴き声を返してきた。

十一

そのころ、斧田晋吾は組屋敷で常吉を相手に酒を酌み交わしていた。

妻の志津江《しづえ》は来春そうそうにも産み月を迎えるので大事をとって、夕食をすませると早めに床についていた。

「旦那はどっちが欲しいんですかい」

常吉がにやりとして親指と小指を立てた。

「なにが、だ……」

「へへへ、きまってまさぁね。ややのことでさ」

「ちっ、そりゃ、ま、おなごのほうが可愛げがあっていいだろうよ」

「けど、おなごは年頃になると虫がつきゃしねぇかとハラハラするっていいやすぜ」

「なにをぬかしやがる。同心なんぞという物騒な勤めをしてりゃいつお陀仏《だぶつ》になるかわかりゃしねぇやな。そこまで生きてりゃめっけもんだろうさ」

斧田は口をひんまげて、じろりと常吉を見やった。

「人のことより、おめぇのほうはどうなんだい。もたもたしてると、おえいも年をくっちまうぞ」

「あっしはいまのまんまで結構でさ。おえいが腹ぼてになっちまったらおちおち店をやってられませんからね」

「おたがい因果な稼業だな」

「まったくで……」

「それにしても留松のやつ、つなぎもいれねぇで、どこにひっかかってやがるんだ」

「へっ、どうせ、どこぞの女にとっつかまって鼻の下をのばしてやがるんでしょうよ」

「鬼火の吉兵衛か……厄介なやつが江戸にきやがったものだな」

「乙坂の友造が小日向や団子坂下のあたりをうろついてやがったとなると、鬼火一味の狙いは小石川から千駄木あたりってことですかねぇ……」

「そうとはかぎらんぞ。友造は火付けが得意だというから、あのあたりに付け火しておいて目をそらし、日本橋あたりか本所を襲うという手もあるぞ」

「よしとくんなさいよ。本所といや、あっしのお膝元ですぜ」

「ふふふ、尻に火がついちゃ常吉親分の顔はまるつぶれだ」

「旦那……」

「ま、早いところ塒に帰って、おえいのおっぱいでもしゃぶっておねんねすることだな」

「へっ、あいつのおっぱいはでかすぎてしゃぶれやしませんがね。もしかしたら留の野郎からつなぎがはいってるかも知れませんね」

常吉は杯をぐいとあけて腰をあげた。

「そいじゃ旦那、奥方によろしくいっといてください」

「ふふふ、ようやっと里心がついたかい」

そのとき、半鐘《はんしょう》を乱打する音がかすかに伝わってきた。

「旦那！　どうやら火がでたようですぜ」

「ちっ、牛込《うしごめ》あたりのようだ。ほうっちゃおけねえな」

二人はすぐさま腰をあげた。

十二

――その日の夕刻。

平蔵が、小網町《こあみちょう》の道場で一汗流してきた帰りに立ち寄った柘植杏平と酒を酌み交わしていると、根津権現前の［桔梗や］の下男がやってきて、いま、店に峪田弥平治が来ているので神谷さまもお運びいただけないかということだった。

峪田弥平治のことは柘植杏平も平蔵から聞かされていたから、是非、引き合わせてもらいたいという。

篠に戸締まりをして先にやすんでいいと言い残して、二人で「桔梗や」に出向いた。

峪田は奥の小座敷で女将のお絹と姪《めい》のお糸を相手に飲んでいたが、柘植杏平を引き合わせると、二人とも若いころ城勤めをしていただけにたちまち意気投合した。

お絹はほかに客もあるので何度か席をはずしたが、お糸は根津権現の境内《けいだい》で命を助けられたこともあり、平蔵のそばについたきり離れようとしなかった。

「かなわんのう。どうも神谷どのはおなごにもてすぎる」

「さよう、さよう、うちの道場で代稽古をまかせている織絵という娘も何かというと神谷どのの噂をしておりますからな」

柘植と峪田が冷やかすたびにお糸は羞じらってうなじまで朱に染める。

お糸は十八の娘盛りだが「桔梗や」という水商売の垢《あか》には染まらず、初々《ういうい》しいところがある。

国に娘を残してきている峪田が「桔梗や」に足繁く通うのは、お糸におのれの娘の面影を見ているのだろうと平蔵は思った。

天王寺の鐘が六つ半（七時）を打つころから北西の風が強くなってきた。

しばらくして三人は酒盛りを切り上げることにした。

店を出てそれぞれの家へ向かおうとしたときである。北のほうで火の手があがるのが見えた。

「おっ、あれは神谷どののお宅のほうではないか」

柘植杏平が眉をひそめる間もなく平蔵が裾をからげて走りだし、杏平も峪田も後を追って走った。

十三

そのころ篠は、平蔵の帰りを待ちながら針仕事をしていたが、睡魔に襲われてとろとろとまどろんでいた。

けたたましい半鐘の音で目がさめたときは、すでに雨戸をたたく風とともに黒煙が隙間から流れこんできていた。

篠はすぐさま土間に飛び降りると、裸足のまま下駄を突っかけて表の木戸の桟《さん》をあげ、通りに駆け出した。

団子坂は逃げてくる人や、着の身着のままで飛び出してきた人でごったがえしている。

「ご新造さん！」

団子坂のほうから火消しの頭の滝蔵が鳶口《とびぐち》を手に駆け寄ってきたとき、篠は糠漬《ぬかづ》けの甕《かめ》のことが脳裏を掠《かす》め、急いで家の土間に飛びこんだ。

ただの糠漬けの甕ではない。糠の底には万一のときにと篠が貯えてきた小判が数百両、五つに小分けして油紙に包んで埋めてある。

そのなかには吉宗公がまだ紀州藩主だったころ、陰守役を頼まれたときの謝礼金や、五千五百石の大身旗本阿能光茂《あのうみつしげ》のお家騒動を始末したときにもらった大金がある。

すこしは薬問屋の支払いなどに使ったが、できるだけ無駄な出費はひかえて貯えてきた大事な命綱だった。

——あれだけは……。

篠が土間に駆け込んだとき、雨戸はすでに焼け落ちて黒煙と炎が室内に渦巻いていた。

篠はそのなかを台所に駆け込み、糠漬けの甕をひっくり返すと、糠にまみれた五つの油紙の包みを夢中で胸に抱え込んだ。

そのとき裏口の戸を蹴りあけて、手拭いで頬かむりした年寄りが匕首を手に躍りこんできた。

「あっ、あんたは座禅豆売りの……」

篠は思わず目を瞠《みは》って、立ち上がった。

「ちっ、やっぱり覚えていやがったかい。それじゃ生かしておくわけにゃいかねえ！」

乙坂の友造が悪鬼のような表情になり、匕首を手にむささびのような身軽さで篠に襲いかかってきた。

篠は無我夢中で、手にしていた糠だらけの油紙の包みのひとつを友造の顔にぶっつけた。

「うっ！」

友造は不意を食らって、匕首で油紙の包みを払った。

斬り裂かれた糠だらけの油紙から小判が散乱し、油紙が眉間《みけん》に貼りついた友造はよろめいて、散乱した小判で足を滑らせた。

そのとき、戸口から鳶口を片手にした滝蔵がまっしぐらに駆け込んできた。

「このやろうっ！」

滝蔵は憤怒《ふんぬ》の形相で突進すると、手にしていた鳶口を友造の頭に叩きつけた。

鳶口が友造の脳天に食い込み、血しぶきを噴き上げた。

「ご新造さん！　しっかりなさってくだせぇ！」

「滝蔵さん！」

滝蔵は飛びついてきた篠を横抱きにし、表に飛び出した。

火の手に追われて逃げ惑う人でごったがえしているなかをかきわけて、平蔵が柘植杏平や峪田弥平治たちとともに駆けつけてきた。

「おおっ、篠！　無事だったかっ……」

「おまえさまっ」

篠は裸足のままで平蔵の胸に飛びついていった。

そのころ北西の強風に煽《あお》られた火の手は住まいの藁屋根《わらやね》を焼いて黒煙を夜空に巻きあげ、道をへだてた向かいの世尊院《せそんいん》や太田摂津守《おおたせっつのかみ》下屋敷にまで飛び火していった。

十四

焼け出された平蔵たちは、とりあえず黒鍬組の組長屋に隣接した瑞養寺《ずいようじ》の本堂に避難させてもらうことにした。

火の手は千駄木町の一角を焼失したものの、世尊院と太田摂津守の土塀が防壁になってようやく下火になった。

篠は境内で炊《た》き出しの手伝いにきりきりと忙しく働いている。

いまのところ、焼け跡の臍繰り金のことは忘れているようだ。

三人が宮内庄兵衛《みやうちしょうべえ》の陣中見舞いの酒を車座になって酌み交わしていると、小坊主がやってきて平蔵に「小笹というお方が本堂の外でお待ちになっております」と告げた。

「神谷どの。小笹というと、おもんどのの下で働いている女忍びではないか」

おもんたちと顔見知りの柘植杏平が眉をひそめた。

「うむ。おおかた、おもんの使いだろう」

峪田弥平治に中座を断ってから、小坊主について柘植杏平とともに本堂を出た。

回廊に片膝ついていた小笹がすっと近寄ってくると、緊張した表情でささやいた。

「今夜の付け火は、乙坂の友造という鬼火の吉兵衛の手下の仕業です」

「なに、鬼火の吉兵衛だと……」

にわかに平蔵の顔が険《けわ》しくなった。

「神谷どの。鬼火の吉兵衛というと、過日、菊坂町でお登勢とかもうすおなごを拐《かどわ》かそうとした悪党の頭ではないか」

柘植杏平が瞠目《どうもく》した。

「うむ。そのお登勢の亭主の音吉を斬り捨てたのも鬼火一味の須川市之助という浪人者らしい」

うなずいて平蔵は小笹をうながした。

「そやつらが何か企《たくら》んでいるのか」

「はい。おもんさまがつきとめられたところによりますと、その鬼火の一味が、今夜四つ半に、柳島村の篠山検校屋敷を襲うそうでございます」

「なに、篠山検校を……」

「おい、神谷どの。笹倉どのひとりでは危ないぞ」

柘植杏平が眦《まなじり》を吊り上げた。

「いま、何刻だ」

「さっき、五つの鐘が鳴りましたゆえ、ほどなく五つ半になりましょう」

「ともあれ、急ごう」

「よし！」

二人がうなずきあったとき、後ろから声がかかった。

「待たれよ。それがしを仲間はずれになさるおつもりか」

「峪田どの……」

「お登勢の件では神谷どのに助けていただいた。ここで仲間はずれにされてはそれがしの武士の一分《いちぶん》が立ちませんからな」

峪田弥平治は温顔ながら、一歩もひかぬ気迫を見せた。

小笹が本堂の下から声をかけた。

「昌平橋《しょうへいばし》の下に川船を待たせてあります。舟なら大川に出れば本所まで四半刻とかかりませぬ」

北西の風が吹き荒れるなか、四人はまっしぐらに追分道を湯島に向かって駆けだした。

終　章　検校《けんぎょう》屋敷の危機

一

小笹のいったとおり、湯島聖堂近くの昌平橋の下には川船が舫《もや》ってあった。

船尾には平蔵も顔なじみの黒鍬組の藤川俊平が、舟の胴の間には徒目付《かちめつけ》の味村《あじむら》武《ぶ》兵衛《へえ》が鉈豆煙管《なたまめギセル》をくわえながら四人を見迎えた。

どうやら鬼火一味の捕縛には目付である兄の忠利がかかわっているようだった。

藤川俊平の猪牙舟《ちょきぶね》に柘植杏平と峪田弥平治が、そして味村武兵衛の猪牙舟には平蔵と小笹が乗り込んだ。

藤川俊平が艪《ろ》を握る川船は風に煽《あお》られながら、さざ波のたつ川面《かわも》をまっしぐらに隅田川をくだって竪川にはいり、一ツ目之橋《ひとつめのはし》をくぐって柳島村に向かった。

篠山検校の屋敷は柳島村の一画、佐竹右京大夫下屋敷の裏手にある。

敷地は約八百坪、白壁の塀をめぐらせた屋敷内にはいくつもの長屋があった。

検校の身の回りの世話をするのは女中頭《がしら》の佳乃《よしの》で、笹倉新八の妻でもある。

ほかにも内女中や台所女中、下男や駕籠《かご》かき、大嶽《おおだけ》という相撲取《すもうと》りあがりの船頭もふくめると二十人を越える男女が働いている。

篠山検校は流しの按摩《あんま》から座頭《ざとう》になり、座頭金といわれる公認の金貸しで巨富を得た人物である。

昔はずいぶん阿漕《あこぎ》なこともしたようだが、いまはその巨富を惜しげもなく散じ、困窮している人を救い、働き口を世話してやったりしている奇特人である。

女中のなかには夜鷹《よたか》をしていた女もいれば、親を亡くし途方に暮れていた娘もいる。

おみつという夜鷹には生まれて間もない赤ん坊もいたが、いまは大嶽に見そめられて夫婦になり、屋敷内の長屋に住んで女中として働いている。

笹倉新八は浪人していたとき、検校の危機を救ったのが縁で人柄を見込まれて屋敷に住まいしている身だが、私財を投じて公儀もできないことをしている篠山検校を父親のように慕っている。

夕刻、笹倉新八と妻の佳乃が検校とともに晩飯を食べおわって離れに引き上げて間もなく、新八も何度か危機をともにしたことがある女忍のおもんが、新八のもとに忍んできた。

今夜、四つ半（十一時）に鬼火の吉兵衛一味が検校屋敷を襲うという。

しかも、吉兵衛は兄弟分だった猪口仲蔵を斬《き》った神谷平蔵に恨みを抱いており、乙坂の友造に命じて平蔵の家に火付けをして炙《あぶ》りだそうとしているという。

笹倉新八はすぐさま、母屋の篠山検校のもとに向かった。

二

鬼火の吉兵衛は二十数人の手下を率い、手配しておいた屋形船と大型の上荷船《うわにぶね》で竪川を遡《さかのぼ》った。

川沿いに吹き荒れる横風と川の流れに妨げられ、屋形船や大型の上荷船の船足が思うように進まず手間取った。

しかも乗り込んでいる人数が多いため、さらに船足は遅れた。

検校屋敷には屋形船も着岸できる専用の船着き場がある。

その水路に入るにはいくつかの橋をくぐらなければならない。

橋桁《はしげた》をようやくくぐり抜けて検校屋敷の船着き場に着岸させ舫い綱をかけて上陸すると、屋敷の塀外から鉤縄《かぎなわ》を使い、木戸をあけてつぎつぎに屋敷内に侵入した。

すでに寝静まっていると見え、屋敷は暗夜のなかに黒々と静まりかえっていた。

吉兵衛は手勢を二手に分けた。一組は長屋を制圧し、残る一組が母屋に向かう。

北西の風が吹き荒れるなか、吉兵衛は一味に手向かう者は容赦なく始末しろと檄《げき》を飛ばした。

すでに時刻は予定より遅れ、とうに四つ半を過ぎていた。

長屋に向かった鬼火一味の盗賊は、どこにも人影がないのに啞然《あぜん》としたが、すぐさま母屋に走った。

「お頭！　長屋には猫の子一匹いやしませんぜ」

「なにぃ、そんなはずはない。どこかに隠れていやがるんだろう！　探し出せっ」

手下が母屋の雨戸を外しにかかったとき、屋内から雨戸が左右に引き開けられ、廊下に襷《たすき》がけした数人の侍が立ちはだかった。

神谷平蔵、柘植杏平、峪田弥平治、味村武兵衛、藤川俊平の五人であった。

室内には大きな丸行灯《まるあんどん》がまばゆいほどの光を投げかけていた。

屋内の建具はすべて取り外され、平蔵たち五人のほかにはだれもいなかった。

平蔵が一歩踏み出し、鬼火一味を見渡した。

「おれが神谷平蔵だ。鬼火の吉兵衛というのはどいつだ。面《つら》を見せろ！」

「ううっ……」

吉兵衛は不意を食らってたじろいだ。

その背後にいた山岡頭巾《やまおかずきん》の須川市之助をかえりみた。

「ふふふ、逆に待ち伏せをくらったようだな。どうやら鬼火の吉兵衛の悪運も尽きたらしい」

「冗談じゃねぇ。こういうときのために先生の面倒を見てきたんですぜ！」

「ふざけるな！　おれはおれの好きなように生きてきたまでだ。きさまの飼い犬になった覚えはないぞ」

冷ややかに吉兵衛を一瞥《いちべつ》すると、須川市之助はゆっくりと歩み出し、ひたと平蔵を見つめた。

「きさまが佐治一竿斎の秘蔵っ子か。相手にとって不足はない」

須川市之助は山岡頭巾をむしりとって、平蔵をうながした。

「だれにも邪魔はさせぬ。おれはきさまと存分の勝負がしたいためにここにきたようなものだ。屋内では狭すぎる。出てこい」

「よかろう……」

平蔵は廊下から庭に降りると、刀の柄《つか》に手をかけて須川市之助と対峙《たいじ》した。

「望みどおり、その勝負受けてやろう」

ソボロ助広を抜き払い、青眼《せいがん》に構えた。

須川市之助は刀の柄に手をかけ、鐺《こじり》を低く落とし、じりじりと左へ左へと廻りこんできた。全身から漲《みなぎ》るような殺気が噴きだしてくる。

——こいつは……。

平蔵は容易ならざる難敵と対峙していることを感知した。

平蔵はすこしずつ鋒《きつさき》を下段に落としていった。須川市之助の鞘《さや》の鐺がじりじりと下さがりつつある。おそらく抜き打ちの鋒は平蔵の右肩口に襲いかかってくるにちがいなかった。

その刃《やいば》が鞘走った瞬間が、たがいの生死の分かれ道になるはずだった。

「神谷どの、あとの雑魚《ざこ》どもはおれたちが引き受けたぞ」

柘植杏平が声をかけて、廊下から庭に降り立つと、平蔵の背後を固めるように悠々と盗賊の一味を見渡した。

「三途《さんず》の川の一番乗りはどいつだ」

そこに金蔵のほうから笹倉新八が駆けつけてきた。

「神谷さん！　検校どのや屋敷の者は大嶽が守っております。ご安心ください」

そう声をかけると、鬼火一味の背後から斬り込んでいった。

一瞬、不意を食らって狼狽《ろうばい》したものの、鬼火の一味は剽悍《ひょうかん》で修羅場《しゅらば》馴《な》れしていた。

二十人を越す鬼火一味は悪鬼の形相で白刃《はくじん》を手に笹倉新八、柘植杏平、峪田弥平治、味村武兵衛、藤川俊平たちに襲いかかった。

なかには浪人者も二人まじっている。

そのとき、母屋の屋根のうえからキラリと光る菱形《ひしがた》の鉄片がたてつづけに飛来し、盗賊の首や眼《め》壺《つぼ》に食いこんだ。

おもんが母屋の大屋根をむささびのように自在に走りまわっては投げ爪を飛ばした。

おもんだけではなく小笹もくわわって、投げ爪を浴びせた。

投げ爪は菱形の手裏剣で、肉や骨にまで食い込む黒鍬の者の武器のひとつである。

「うっ……」

「あ、あやつ……」

この奇襲には鬼火の一味もさすがにたじろぎ、乱れた。

しかも、おもんは黒鍬の鍛冶方《かじがた》に鍛造《たんぞう》させた卍《まんじ》ノ爪という尾州甲賀者《びしゅうこうがもの》の飛び道具を飛ばしてきた。

卍ノ爪は曲線を描いて飛来し、敵の目や喉に食い込む。

屋上からの飛び道具には、さすがに修羅場馴れした盗賊たちも狼狽した。

柘植杏平はまっさきに浪人者の一人を斬り臥《ふ》せると、蠅《はえ》のように群がってくる盗賊を瞬《また》く間に左右に薙《な》ぎはらった。

味村武兵衛も心形刀流《しんぎょうとうりゅう》の遣《つか》い手らしい手練《しゅれん》を見せて、盗賊をつぎつぎに斃《たお》していった。

笹倉新八の念流は平蔵もしばしば稽古《けいこ》で手こずるほどの腕前である。襲いかかってきた浪人者の刃を苦もなくかわし、一刀両断に切り捨てている。

峪田弥平治は刃をふりかざして襲いかかってくる盗賊を相手に刀を抜こうともせず、起倒流の柔術で当て身を食わし、投げ飛ばしていた。藤川俊平は呻《うめ》いている盗賊を片端からとりおさえ、高手小手《たかてこて》に縛りあげている。

三

平蔵は庭の中央で須川市之助と無言のまま対峙していた。

須川市之助はじりじりと間合いを詰めながらも、まだ刀を抜いてはいない。平蔵の肩口に抜き打ちの一閃《いっせん》を浴びせようとしているからだろう。平蔵は間合いをあけて機が熟すのを待っていた。須川市之助が間合いを詰めようとすると、平蔵はすっと間合いを外してしまう。次第に須川市之助の面上に焦《あせ》りの色が見えてきた。

一陣の風が庭の赤松の梢《こずえ》を吹き抜けた。

そのとき、鬼火の吉兵衛が平蔵の背後に廻りこみ、鋒を突き出して襲いかかった。

平蔵は須川市之助に視線を向けたまま、すっと躰をよじって吉兵衛の鋒をかわした。

「うっ……」

たたらを踏んで前に泳ぎだした吉兵衛のうなじを、須川市之助は容赦なく抜き打ちに撥ね斬った。

血しぶきが夜空に噴き上がり、吉兵衛の首がごろりと転がった。

「お、お頭っ！」

鏨《たがね》の彦蔵が仰天《ぎょうてん》してのけぞったとき、須川市之助は無造作に彦蔵を刃で袈裟《けさ》懸《が》けに斬り捨てた。

「いいかっ！　邪魔立てするやつはだれでも斬り捨てる」

「ううっ……」

思いもよらぬ展開にどよめき、浮き足立って逃げ惑う鬼火の残党を柘植杏平と笹倉新八がつつみこんで片端から斬り捨てていった。

その一人が、平蔵の足元に血しぶきをあげて倒れこんできた。

平蔵が躰をひらいて避けた瞬間、須川市之助の刃が電光のように平蔵の肩口に襲いかかった。

大気を斬り裂くような鋭い刃だった。

——転瞬。平蔵はツと膝を折って躰を沈めると、刃を返しざま、須川市之助の右脇の下から斜めに鋒を跳ね上げた。

刃と刃が嚙みあい、火花が散った。

須川市之助はさっと後ろにさがりながら、ふりおろした剣を下段から上段に移した。

平蔵がじりっじりっと爪先を前にすすめたとき、凄《すさ》まじい一撃が上段から襲いかかってきた。かわす間もなく、平蔵は剣を摺《す》りあげて須川市之助の剣を撥ねあげた。

すれ違いざまに須川市之助の脇腹に一撃を送りこんだが、須川市之助は躍りあがるようにして平蔵の剣をかわした。

かわしざまに殴りつけるような一撃を繰り出してくる。

構えあって構えなし、間合いを置くことなく襲いかかる林崎夢想流の極意を垣間《かいま》見た思いがした。

平蔵は青眼に構えて爪先をすすめた。その瞬間、須川市之助は躍りあがるように踏み込みざま懸河《けんが》のような一撃を浴びせてきた。

かわす間もなく、平蔵は片膝ついて下段から刃を跳ね上げた。

ソボロ助広の刃が吸いこまれるように須川市之助の脇の下から斜交《はすか》いに胸板を存分に斬り割った。

平蔵は残心《ざんしん》の構えを崩さず、しばらくは身じろぎひとつせず、須川市之助から目を離さなかった。

「………」

須川市之助はしばらくのあいだ微動だにせず虚空を見つめていたが、やがて崩れ落ちるようにがくんと膝を突くと、ゆっくりと突っ伏した。

須川市之助の鋒が、平蔵の襟前《えりまえ》をざくりと斬り裂いていた。

鋒が胸板を斜めに掠《かす》め、血潮が肌着を濡らし、みるみるうちに衣服を染めてにじみだしてきた。おそらく、あと一寸深かったら、平蔵も無事ではすまなかっただろう。

死屍《しし》累々《るいるい》たるなかで柘植杏平が懐紙《かいし》をとりだし、黙々と刀の血潮《ちしお》を拭《ぬぐ》いはじめた。

笹倉新八はゆっくりと平蔵に歩み寄ると手をのばし、平蔵の肩をつかみしめた。

「いやぁ、助かりましたよ。こいつの居合いは並みの者じゃ避けきれないでしょう。おれなら相撃ちがいいところだっただろうな」

「なんの、あんたの念流ならなんとか切りぬけたさ」

「さっきのが風花《かざばな》ノ剣というやつかな」

柘植杏平がささやきかけた。

「いや……」

　平蔵は小首をかしげた。

「無心のうちに躰が動いた……。佐治先生から授かった霞《かすみ》ノ太刀《たち》だったような気がするが、おれにもよくわからん」

「うむ。修羅場で剣を使うときはあれこれと考えはせんものだ……」

　柘植杏平は深ぶかとうなずいた。

　おもんが背後から声をかけてきた。

「平蔵さま……大事ございませぬか」

「なんのこれしき、掠り傷よ。たいしたことはない。それよりも小笹が舟を手配してくれていたおかげで、検校どのに何事もなくてなによりだった」

「検校さまは屋敷は我が城もおなじともうされ、金蔵に閂《かんぬき》をかけてみんなといっしょに籠もられましたので、どうなるかと案じておりました」

「ふふ、屋敷は我が城か……腹の据わったおひとだの」

「はい。なまじな武家の覚悟など検校さまの足元にもおよびませぬ」

　おもんはすっと身を寄せると、ひたと平蔵を見つめた。

「それにしても、間一髪でございましたな」

「うむ……ひとつまちがえばやられていたやも知れぬところだった」

斬り裂かれた襟を見せて苦笑した。

「あの須川市之助という男は芸州《げいしゅう》で一、二を争う剣士でしたが、妻となるべきおひとを藩主の側室に召し出されたことが我慢できず藩を出奔《しゅっぽん》したそうでございます」

「ほう……芸州の浪人だったのか」

「おおかた、よき死に場所を探していたのではありますまいか……」

「よき死に場所を、か……」

平蔵は須川市之助の亡骸《なきがら》を振り返り、沈痛な面持《おもも》ちになった。

「それにしても、そなたと顔をあわせるのはいつもこういう修羅場だな」

「もうしわけありませぬ……」

おもんの双眸が翳《かげ》った。

「なんの、これが、おれの宿命なのかも知れぬ」

「ま……」

「また、どこかで会うことになろうが、それまでは堅固でいろよ」

「はい。では、いずれ、また……」

そうささやくと、おもんはすっと身を翻《ひるがえ》し、夜の闇に溶けいるように消えていった。

小笹の姿もいつの間にか大屋根から消えていた。

峪田弥平治が近寄り、ささやいた。

「いやはや、神谷どのはどこにいっても贔屓《ひいき》のおなごがおられるらしい。わしもあやかりたいものですな」

「なに、あのおなごは、いつ寝首をかくやら知れぬ物騒なおなごですぞ」

「ふふふ、おなごに寝首をかかれるのも男の本望というものでござろう」

にやりと片目をつむってみせた。

味村武兵衛が腰の煙管《キセル》を口にくわえると、黙々と莨《タバコ》をつめはじめた。

藤川俊平が座敷の丸行灯のかたわらから声をかけた。

「味村さま。火ならここにありますよ」

「うむ……」

味村武兵衛が寝牛が目をさましたような返事をすると、のそりと母屋に向かった。

金蔵のほうから、大嶽の背中におぶわれた篠山検校が近づいてきた。そのうしろから、屋敷に働いている二十数人の男女がつき従ってきた。手に手に鎌《かま》や天秤《てんびん》棒《ぼう》などの武器を携《たずさ》えている。

いざというときは盗賊どもと戦うつもりでいたのだろう。

「神谷さま。うつけ者どものおかげでお手数をおかけして、もうしわけございませぬ」

盲人ながら篠山検校の勘ばたらきはさすがに鋭く、大嶽の背中からきちんと平蔵のほうに向かって深ぶかと頭をさげた。

「なんの、お怪我もなくなによりでございました」

「それにしても盗賊などというのは愚かなものじゃ。このわしが屋敷の土蔵などに余分な金を遊ばせておくようなうつけものだと思うておるのかのう」

「ほう……それでは蔵には金銭を置いておられなかったのですか」

「なに、屋敷で当座入り用の小銭ぐらいは母屋においてありますが、盗まれたところでどうということはございませぬ」

篠山検校はこともなげにいったが、おおかた検校の当座の銭は篠なら目ン玉をむくほどの大金にちがいないと思った。

「皆さま、さぁ、どうぞ、おあがりくださいまし……」

笹倉新八の妻で、検校の身の回りの世話をしている佳乃が廊下に膝をついて声をかけてきた。

いつの間にか女中たちに運ばせた酒肴《しゅこう》が膳座敷に整えられている。

四

平蔵の手傷は約一尺余、皮膚を切り裂いただけの軽傷だった。

別室で佳乃に手傷の手当てをしてもらい、用意してもらった新しい衣服に着替えて宴席に足を運んだ。

女中たちが酌《しゃく》をしてくれる熱燗《あつかん》の酒を酌《く》み交わしていたとき、篠山検校がつぶやくように平蔵に声をかけてきた。

「神谷さま。銭というのは魔物でしてな。蔵に貯えておく金などというものは死に金ですよ。世の中にまわりまわって役に立ってこそ生き金になるというものです」

「なるほど、生き金と死に金ですか……」

「さよう。銭はありあまっているところから集めて、銭がなくて苦しんでいるおひとにまわしてこそ生き金になるのではございませんかな」

柘植杏平が平蔵にささやきかけた。

「どうやら、ご新造《しんぞ》の臍繰《へそく》りなどは検校どのに預けておいたほうがよさそうだの」

「ふふ、いまごろは焼け跡でほどよくこんがりと焦《こ》げておるやも知れぬぞ」

「なんの、検校どのの手にかかれば金ぴかの新品に化けるかも知れぬて……」

「まるで手妻師《てづまし》だな」

「なになに、検校どのに睨《にら》まれたら、手妻師などは青くなって裸足で逃げ出すのではないかな」

篠山検校が目尻を笑わせた。

「いやいや、手妻師は人の目を欺《あざむ》いて楽しませる芸人でございますよ。威張りちらして袖《そで》の下をむさぼる役人どもよりはずんと世のためになる人間です」

「ほう、なるほど……」

平蔵は柘植杏平と顔を見合わせた。

「いまのご時世のように、上に立つものが猟官《りょうかん》や私腹を肥やすことに血眼《ちまなこ》になっているようでは世の中は真っ暗闇、盗人《ぬすっと》がはびこるばかりでございます」

篠山検校は眉をひそめて吐き捨てた。

炙った畳鰯を口に運びながら峪田弥平治がぼそりとつぶやいた。

「神谷どの。どうやら検校どのは人間の器《うつわ》の大きさが底知れぬおひとのようですな」

夜半ということもあるだろうが、膳部の肴《さかな》は畳鰯に烏賊《いか》の塩辛《しおから》、炙った油揚げに醤油《しょうゆ》をかけただけのものだ。

検校の衣服も地味な灰色の綿服に綿の黒足袋《くろたび》である。

とても諸侯や大商人に大金を融通している金貸しとは思えない質素な身なりだった。

「おそらく、若いころから辛酸《しんさん》を舐めつくしてこられたからでしょう」

平蔵は検校のかたわらにいる笹倉新八のほうに目をやって、おおきくうなずいた。

笹倉新八が紀州藩主だった吉宗公からの仕官の誘いも蹴って、検校を親のように慕い、心服している心情がわかるような気がした。

峪田弥平治がポンと膝をたたいて平蔵のほうに向き直った。

「そうじゃ、鬼火の始末がついたからには例のお登勢というおなごを大橋家にあずけておくわけにはいくまい。わしが引き取って、お登勢さえよければ、わしの

陋屋（ろうおく）で家事をみてもらおうと思うがいかがかな。むろん、それなりの給金は払う（はろ）

てやりますが」

「おお、それはなによりでござる。なにせ、身寄りのないおなごですし、元は武家の出ゆえ、万事に遺漏《いろう》はござるまい」

「なに、家事というても飯を食わせてくれて洗濯でもしてくれるだけで充分、なにせ、まだ嫁入り前の織絵に褌《ふんどし》まで洗わせるのは気がひけておりましたからな。ふふふ」

峪田は照れくさそうに顎《あご》をつるりと撫《な》でてみせた。

これで、どうやら一件落着したものの、平蔵のほうは今夜から宿なしの身に舞い戻ってしまった。

――早速、明日から宿さがしをせずばなるまいな……。

ようやく患者がつきはじめたというのに元の木阿弥《もくあみ》とはこのことだな、といささかげんなりしたが、もともとが出たとこまかせの風来坊の身である。

――ま、なんとかなるだろうよ……。

（ぶらり平蔵　霞ノ太刀　了）

参考文献

『江戸10万日全記録』　明田鉄男編著　雄山閣
『江戸あきない図譜』　高橋幹夫著　青蛙房
『大江戸八百八町・知れば知るほど』　石川英輔監修　実業之日本社
『もち歩き江戸東京散歩』　人文社編集部　人文社

コスミック・時代文庫

ぶらり平蔵《へいぞう》
決定版⑬霞ノ太刀

2023年2月25日　初版発行
2023年6月6日　2刷発行

【著者】
吉岡道夫《よしおかみちお》

【発行者】
相澤　晃

【発行】
株式会社コスミック出版
〒154-0002 東京都世田谷区下馬6-15-4
代表　TEL.03(5432)7081
営業　TEL.03(5432)7084
FAX.03(5432)7088
編集　TEL.03(5432)7086
FAX.03(5432)7090

【ホームページ】
http://www.cosmicpub.com/

【振替口座】
00110-8-611382

【印刷／製本】
中央精版印刷株式会社

ISBN978-4-7747-6451-1 C0193

N
W
E
S